中公文庫

たそがれダンサーズ

桂　望実

中央公論新社

たそがれダンサーズ

1

田中武士《たなかたけし》は「いえ。去年六十歳で定年になりまして、現在は働いておりません」と答えた。

すると医師の池谷義幸《いけたによしゆき》が次の質問を口にした。「食事はどうでしょう。バランスの良い食事を一日三食摂《と》っていますか？」

「それは完璧です。妻がきっちりしておりまして、栄養が偏らないよう配慮したものを作ってくれますので。三食ともです」

「それでは睡眠はどうでしょう。ちゃんと眠れていますか？」

首を捻《ひね》る。「昔よりは少し眠りが浅いような気がしますが、それでも八時間は眠っていますので、悪くないように思います」

「悪くないですよ」池谷が笑顔になった。

その笑みに対して田中は一つ頷《うなず》く。

どこが痛いという訳ではないのだが、田中はこのひと月ばかり、どうも体調がすっきりしないと感じていた。田中が好物のパイナップルを残したのを重く捉えた妻のチヨ子から促《うなが》されて、自宅近くの病院に来たのだった。

「なにか運動はしていますか？」と池谷が言った。

「運動ですか」一つ息を吐《つ》く。「なにもしていません」

「しようとは思っている？」

「思ってはいます」強い口調で答えた。「ただどうも自分にぴったりのものを見つけられずにおりまして」

「会社勤めをされていた時は、意識していなくても身体を動かしていらしたと思うんです。外回りがない仕事であっても、通勤するだけでも結構歩くものですし、会議室へ移動するとか、デスクとコピー機の間を往復するといったことの積み重ねで、一日にすればそこそこの運動量があったはずです。定年退職された後はそういったことがなくなったわけですから、運動量がぐっと落ちますね。運動量が減ると、身体と心のバランスが取り難《にく》くなります。それが不調の原因ではないかと思いますよ。機能的にはどこも悪いところはないようですから」

「そうですか。それでは覚悟を決めて、自分に合う運動を見つけなくてはいけませんな」

池谷が聞いてくる。「色々試されたんですか？」

「はい。ウォーキングがいいというので、家の近くを歩きましたが、どうにもつまらんのですわ。毎日同じところを歩く訳ですから飽きます。一週間は頑張りましたが、雨が降りましてそれっきりになりました。公民館で卓球教室をやっているというので、参加したこともありました。それは飽きはしなかったんですが、どうも楽しくありませんで。一ヵ月で卒業させて貰《もら》いました」

田中は屈辱的な一件については口にしなかった。

それは時間を持て余して訪れた図書館で、新聞を読んでいた時だった。七十代ぐらいの男が「どうも」と声を掛けてきた。その図書館で何度か見かけていた男だった。大分過ごしやすくなりましたな、などと言ってきたので、そうですなと答えた。男は一枚のチラシを差し出してきた。そこにはゲートボール仲間募集中と書かれていた。田中は驚いて男の顔を見つめた。男は愛想笑いを浮かべながら、週に三回やっているので、一度見学に来てみないかと言った。田中は私を誘っているのかと確認した。男はそうだと頷き、近所の公園の名前と、午前八時だという練習開始時間を告《つ》げた。田中はむっとして「六十一歳なので」と断った。田中としては自分はまだ若く、そんな年寄りのスポーツをする年齢じゃないとの思いがあった。ところが男は逆に勘違いをして「大丈夫ですよ。六十一歳でもできるスポーツですから」と言った。田中は年寄り扱いされたことがショックで、無言でその場を去った。

「田中さんにお勧めの運動が一つありますよ」と池谷が言い出した。「聞きたいですか？」

「はい」

「社交ダンスです」

「はい？」

「社交ダンス」右手を横に広げ、左手を胸から少し離した位置で止めた。

田中は自分の顔の前で手をゆっくり左右に振る。「とんでもありません。ダンスなんて。しかも社交ダンスだなんて」

「社交ダンスはちょうどいい運動なんですよ。激し過ぎないですし、簡単過ぎるわけでもないので飽きないと思いますよ。それに社交ダンスは男性が圧倒的に少ない世界だそうです。それで男性は女性たちから引っ張りだこになる。これがいいじゃないですか。気持ちが若返りますよ。そんなオマケが付いている運動、他にあります？　ありませんよ。ですからお勧めです」

「先生、冗談ですよね？」

「いいえ。冗談ではありません」ちらっと壁の時計に目を向けた。「今いるといいんだがな。社交ダンスの素晴らしさを語るのに相応《ふさわ》しい人物が、我が家にいるんですよ。娘です。ちょっと待ってください。内線してみますから」

池谷の娘が話をしに来るということになり、田中は看護師に促されるまま隣室に移動する。

二畳ほどの真っ白い部屋で待っていると、ドアにノックの音がした。

現れたのは二十歳の紗弥香《さやか》だった。

紗弥香は田中の前に座ると、長い栗色の髪を耳に掛けて、はにかんだような表情をした。

それからスマホを操作し始める。

少ししてスマホの画面を田中に見せてきた。「これ、先月のダンスパーティーの写真です。凄く楽しいですよ」

田中は眼鏡をずらして画面を覗《のぞ》き込む。

ピンクのドレスを着た女と、タキシード姿の男が身体をくっつけて踊っていた。

「これはお嬢さんですか？」田中は尋ねる。

「はい」

「そうでしたか。ちょっと雰囲気が違うように思ったものですから。いや、特になにということはありません」

「社交ダンスというと難しそうだとか、気取ってるとか、そういうイメージが強いみたいなんですけど、全然そんなことないんですよ。私も友人に誘われて大学の社交ダンスサークルに入るまでは、皆と同じように思っていましたけど、実際やってみると全然違いました。音楽に合わせて身体を動かしますから、他のダンスと同じです。基本のステップを覚えれば楽しめるので、どっちかというと始め易いダンスなんです」

「……………」

「でもそういうことって全然知られていなくて。特に男性に知られていないんです。うちのサークルでも男子は四人しかいなくて、練習相手が足りなくて困っています。うちだけではなくてどこもそうなんです。大学のサークルだけじゃありません。一般の教室でも男性が少なくて、だからこういうパーティーでも」紗弥香がテーブルのスマホを指差した。「女性は列を作って自分の番になるのを待つんです。男性は先頭の人と一曲踊ると、次の曲では順番待ちをしている次の人と踊るんです。そういうルールがないパーティーもあるんですけど、そういう時はもっと大変です。曲が終わりそうになると、男性に近付いて私と踊ってくださいとアピールしないといけないんです。他の人を押しのけるぐらいの強い気持ちがないと、一曲も踊れないなんてこともあります」

「そんなに女性が苦労しているとは知りませんでした。しかしそういうのは若い男性の話でしょ？」

激しく首を左右に振る。「違います。男性に年齢は関係ありません。これ、チラシです。サークルにコーチに来てくれている先生が開いている教室です。ここから電車で一本ですし、駅から近いですから通い易いですよ。ちらっとでも興味を持ったのなら、私たちを助けると思って一度教室に。そこでレッスンを受けて基本のステップを覚えたら、私たちの練習にも参加してください。一緒に踊ってください。お願いします」

どうやら上手《うま》いこと、親子に嵌《は》められたようだと田中は思う。この親子はこんな風に運動不足の患者を、片っ端から勧誘しているに違いない。ただ困惑してはいるが悪い気はしない。若い娘からこんなになにかを懇願された経験があっただろうか……いや、なかった。お願いされていることが少しだけ……ほんの少しだけ嬉しい。社交ダンスの愛好者たちの世界では男不足で困っているとは知らなかった。私が社交ダンスをやれば人助けになるのなら——考えてみようか。元々ボランティアに興味があった。だがなにをすればいいのかわからなかった。運動もなにが自分に合うのかわからなかった。この二つが同時に出来るというのなら、これは理想的な社会貢献といえるのではなかろうか。

田中はチラシを掴み「まぁ、考えてみますよ」と告げた。

すると紗弥香が「ぜひ」と力強い声で言い、「田中さんと踊れる日を楽しみに待ってます」と続けた。

田中は病院を出ると電車に乗った。一度乗り換えてS駅で降りる。

九月に入ってもまだ残暑が続いていて、強い陽が射している。午前十一時であったが、すでに三十度を超えているように思われた。

十分ほど歩き、老人ホームの前で足を止めた。

それは薄茶色の外壁の四階建てだった。

その三階の右端の窓へ田中は目を向ける。

そこは田中の実の父親、真野《まの》孝臣《たかおみ》の部屋だった。

どうして私がここに来なくてはいけないのだろうと田中は思う。憎んでいる真野がいる老人ホームを、できれば訪問したくない。だが職員が連絡をしてくるのだ。顔を見せにいらしてくださいと。仕方がないので数ヵ月に一度ここに来る。その度に心は乱れた。憎いのだ。一人で死んで行けと思う。だがそうした気持ちの端には罪悪感があって、それが時々大きくなるのが迷惑だった。そうした罪の意識を感じさせる真野が更に憎くなる。そうやって真野の存在に心をかき乱されることが口惜《くや》しかった。

大きくため息を吐いてから門扉を抜けた。

受付で記帳し、来訪者と書かれたカードを紐で首に掛ける。

三階の廊下を歩いていると、向こうから女性職員がやって来た。

「こんにちは」と田中が言うと、その倍ほどの大きな声で「こんにちは」と答えた。

そして女性職員が「真野さんの息子さんでしたよね」と確認してきたので、「はい。お世話になっております」と頭を下げる。

女性職員は「お父さん、今日はご機嫌ですよ」と言ってから歩き去った。

田中は突き当たりの部屋に入った。

真野はベッドの上半分を起こしていて、それに背中を預けて座っていた。その視線は棚の上のテレビに注がれている。

八十六歳の真野は萎《しな》びていて、右頬には大きなシミが浮かんでいる。

そのシミは若い頃からあったのか、田中の記憶ははっきりしない。

小学六年生のその日、帰宅すると父親の物がなくなっていた。それまでも父親は毎日は帰って来なかった。そんな時に帰って来ない理由を母親に尋ねると、出張に行っていると言われたものだった。

その日、母親は言った。「美味しいものを食べに行こう」と。電車に乗って大きな街へ行き、レストランに入った。滅多にないことだった。マカロニグラタンを食べている時、母親が突然「お父さんのことはもう忘れなさい」と言った。田中は「どうして？」と尋ねた。母親はすぐには返事をしなかった。とても長い時間が経ってから「お父さんはもう一つの家族の方がいいらしいよ」と答えた。もう帰って来ないのと聞くと、そうだと母親は頷いた。そしてぷいと横を向いた。窓外の景色を見つめる母親の横顔に、田中はなにか恐ろしいものを感じた。寂しさや哀しさを田中は感じなかった。何故かただ目の前にいる母親が怖かった。

それ以降母親が父親について語ることは一度もなかった。それから母親は苦労して田中を育てた。貧しい生活だった。田中が高校を卒業して働き出してからは、少しだけ生活は楽になった。これから親孝行をと思っていた矢先に、母親が病気になった。母親は四十五歳で天国へ行った。それまでも、その時も、それ以降も、真野から田中に一度も連絡は入らなかった。

田中はベッドを回り込むように進み、ボードに置かれたリモコンを摑んだ。それを天井のエアコンに向けて温度を三度下げた。そして窓とベッドの間にある丸椅子に腰掛けた。薄いカーテンを脇に寄せて窓外を覗く。

横長の公園が眼下に広がる。暑さのせいか誰もいなかった。樹の下の影がやけにくっきりとしている。

その公園を見下ろしながら田中は口を開いた。「家族を捨てて自分勝手に生きていた男が、こんな涼しくて快適な場所にいるというのが、気に入らないね」

「…………」

「私がここに来るのがどんなに嫌か、わかってるの？　役所から突然連絡が来て、お父さんのことでお話があると言われた時、誰のことだかわからなかったよ。私の中で父親という存在はとっくに消えていたからね。身寄りを捜してあなたに行き着いたと言われたから、てっきり孤独死でもしたのかと思って、骨を引き取るつもりはありませんと宣言したよ。そうしたらまだ生きてると言われて、なんだよそれと思ったね」

「…………」

「認知症になったからって、すべてが許される訳じゃないんだからね。これほど口惜しい話があるかい？　ないよ。言いたいことはたくさんあるのに、それがあなたに通じないんだから」

田中の話をまったく理解しない真野は、テレビから目を離さない。

役所の話では、真野が再婚した女はすでに死亡していて、その間にできた娘も死んでいるとのことだった。街を歩いている時に転倒したのがきっかけだったという。通り掛かりの人が救急車を呼んだ。運ばれた病院で、その受け答えから認知症が疑われた。検査の結果、認知症と診断されたため、役所の出番になったと担当者は言った。どうされますかと問われ、田中は面倒を見るつもりはないので、そちらにお任せしますと答えた。それっきりにできると思ったのだが、しばらくするとここの職員が連絡をしてきた。お父様をお預かりしている、是非様子を見にいらしてくださいと。それから時々ここに来る。

田中は引き出しを開け、ボロボロの財布を掴んだ。

中身を検《あらた》めると、五千円札が一枚と小銭が少しあるだけだった。

札入れに入っていたレシートを引っ張り出す。

十枚ほどあるレシートはどれもコンビニのもので、ゼリーや羊羹《ようかん》、アイスなどの食品名が印字されていた。

時折職員が、近くのコンビニへ買い出しに行ってくれていると聞いていた。

田中は自分の財布から二万円を取り出し、真野の財布へ入れた。

そして真野に向かって言った。「どうして私があなたに小遣いを渡しているんだか、自分でも不思議でしょうがないよ。こうしてここに来てることも不思議だがね。なんたってあなたという人は、一度も息子の私に連絡をしてこなかった人なんだからさ。縁が切れたんだ、私たちは。ぷっつりとね。役所の人が私を捜し出さないでくれたら良かったんだ。お互いに、その方が良かったろ？　認知症で自分のしたことがわからないとは勝手だね。あなたらしい人生の終わり方だ。好き勝手しておいて、こっちに変な罪悪感を抱かせるんだから」

「…………」

「私はね、こんな恨みごとを言ってる自分が嫌いだよ。だがね、同じくらいすっきりした気分にもなる。あなたに伝わらないのは口惜しいが、言いたいことを言えるからね」

「………」

「たくさんの人を幸せにするような素晴らしい人が、若くして病気や事故で亡くなるというのに、碌《ろく》な生き方をしてこなかった人間が、八十六まで生かされているというのが、なんともおかしいじゃないか。間違ってるよ。お袋より長生きしてることを恥ずかしいと思え。お袋が長生きすることを望む人間が、少なくとも一人はいた。私だ。だがあなたにはいない。そのことをどう思うの？」

テレビから大きな笑い声が流れて来た。

田中は真野から窓外へと視線を動かした。

強い日差しが誰もいない公園を照らしていた。

2

赤江《あかえ》繭子《まゆこ》が拍手をした。

そして「素晴らしい」と言った。「今日初めてだなんて信じられません。川端《かわばた》さんはセンスがありますよ」

川端諒一《りょういち》は「そう？」と聞き返した。

「はい。本当に初めてなんですか？　五十一歳で、初めて社交ダンスのレッスンを受けた人の、身体の動かし方じゃありませんでしたよ。本当はやったことがあるのに、それを隠してません？」

「いやいや。本当に初めて。俺、センスあるみたい」

川端はネットで見つけた社交ダンススタジオにいた。三千円で二十五分の体験レッスンを終えたところだった。初めての川端はインストラクターの赤江から、手取り足取りステップを習った。

川端はフロアの端にある長椅子に進む。スポーツドリンクのペットボトルを摑み、喉に流し込んだ。長椅子に座りタオルで顔の汗を拭《ぬぐ》う。

赤江が川端の隣に腰掛けた。ペットボトルの水を飲む。

川端は汗だくだったが、赤江は涼しい顔をしていた。

女に年齢を尋ねることはできないので、正確なところはわからないが、三十歳前後ではないかと川端は推測する。

初めて女の身体に触ったのは大学生の時だった。中学高校共に男子校だった川端は、女と手を繋ぐ経験さえしていなかった。合コンをして、連絡先を交換して、デートをしてといった段階を踏むのは面倒臭かった。そこで同じ思いの友人らと雑誌を読み込み予習をして、ディスコに行った。

一回目のチークタイムではあぶれてしまった。狙っていた子はフロアが暗くなった途端、他の男と踊り出してしまった。二番目に狙っていた子は、チークタイムになった途端フロアを出て行ったようで、探した時にはすでに姿がなかった。椅子取りゲームみたいだと思った。次こそと決意を新たにした。立ち位置に注意を払った。ライバルとなる男が少ないエリアを探し、そこで踊り辺りを窺《うかが》った。そこで思い出したのは、露出度が高い服を着ている女の方が、チークタイムに応じる率が高いと書いてあった雑誌の記事だった。

背中が大きく開いた、丈の短いワンピースを着ている女の背後についた。フロアが暗くなった。その瞬間、背後からワンピースの女に「踊らない？」と声を掛けた。するとくるりと振り返った女が、川端の首に腕を回してきた。突然手にした幸運に頭は真っ白になった。立ち竦《すく》んでいる川端に、女は身体を密着させてきた。更に身体を左右に動かした。川端はおずおずと女の背中に手を回した。柔らかかった。夢想していたより何百倍も柔らかいことに感動した。トランペットの音がどんどん小さくなっていき、もうすぐチークタイムが終わると気が付いた時、川端は少し泣きそうになった。

曲が終わりフロアが明るくなった。女が身体を離した。残念に思いながらも女の背中から手を下ろした時、その顔が見えた。衝撃を受けた。物凄いブスだったのだ。人生最悪の日だと思った。口惜しくて、立っていられなくなるほど打ちのめされた。

そんな初心《うぶ》だった頃から三十年以上が経った。

冷静に計算するべきだろうと川端は思う。キャバクラに行けば若い女の手を握れる。たまに行く新宿の店の料金は一時間一万円だ。指名も特別メニューのオーダーもしなければ、それ以上の金はかからない。一方の社交ダンス教室でも、女性インストラクターと手を繋げる。赤江の個人レッスン料は二十五分で四千二百円。一時間当たりにすると一万八十円。キャバクラの方が八十円安い。だが社交ダンス教室の方が堂々と触れる。駆け引きゼロで触れる。触れなければ踊れないからだ。キャバクラでは隣席に着いたこの子は、触らせてくれる子か、ダメな子か、どこまで触っていいのかといったことを考えなくてはいけないし、時には機嫌を窺ったりする必要がある。最近のキャバ嬢の中には「セクハラー」などと騒いで触らせないのもいて、そんなのに当たってしまったら面倒臭いし、金が勿体ない。どちらが得かよくよく考えなくては。

赤江が口を開いた。「時間があるようでしたら、下でダンスパーティーをしているので、見学していかれたらどうですか？」

「見学できるの？」

「はい。私が一緒に行って、受付で話を通せば大丈夫です。行きます？」

「そうだね。せっかくだから」

エレベーターで二つ下のフロアに移動した。受付で見学者と書かれた名札を貰い、次のレッスンがあるという赤江と別れた。体育館ほどのスペースに五十人以上がいた。皆粧《めか》し込んでいる。天井のスピーカーからワルツが流れている。だが踊っているのは五組だけだった。他の人たちは壁際に並び、踊っている人たちを眺めている。その全員が女だった。圧倒的な数の壁の花たちだった。

曲が終わり、川端の前で踊っていた男女がお辞儀をしあった。すると五、六人ほどの壁の花たちが走り出す。男の前で足を止めると、手を挙げて「私と踊ってください」と言った。

男は笑顔で女たちを眺める。それから小さく頭を下げた。そして右方向へ走るように進み、一人の女の前に立った。男がその女に右手を差し出す。すると女は自分の胸に手を当て驚いた顔をした。それはすぐに喜びの表情に変わった。女は男の手に、自分の手を乗せて一歩前に出る。

そして二人は音楽に合わせて踊り始めた。

男にアピールして失敗した女たちが、壁に戻って行く。

その中の一人は不満そうな顔をしていて、壁際に立つと腕を組んだ。

これだよ、これ、と川端は喜ぶ。こんな風にモテてみたかった。入れ食い状態じゃないか。ネットで低予算で女にモテる方法を探していた時、社交ダンスという世界を知った。愛好者の多くが女なので、数が少ない男は引く手あまただと、誰かのブログに書いてあった。いいじゃない、それと思ったが、そんなに上手い話があるだろうかと疑う気持ちもあった。だが真実だった。目の前に俺の理想の世界がある。赤江が俺にはセンスがあると言っていたことだし、これは運命の出合いだな。俺を巡って女たちが争うなんて最高だ。想像するだけでワクワクする。集まって来る女たちの中で、タイプの女を選ぶ。女は俺に選ばれたことに感激し感謝する。それ、最高だよ。

川端は首を伸ばして、踊っている男たちへ目を向ける。

三十代ぐらいのが一人、四十代が一人、五十代が二人、六十代以上に見えるのが一人だった。

五十一歳の自分でも、年寄り扱いされなさそうだと川端は読んだ。

ダンスパーティー会場を出た川端は電車に乗り、社交ダンス用品の専門店へ向かった。パーティーの時の衣装はレンタルがあるし、レッスン着もなんでも構わないが、靴だけは社交ダンス専用のマイシューズを用意した方がいいと、いくつものブログやサイトに書かれていたのを思い出し、早速買い求めようとしたのだ。専門店で一万円前後する靴を眺めた時、高いと感じたが、そこをケチって足や腰を痛めれば医療費が掛かり、却《かえ》って損をすると思い九千八百円のを買った。

　自宅に戻ったのは午後五時だった。

　自室のパソコンで社交ダンスの動画を観ている時、妻の聖子《せいこ》からＬＩＮＥが入った。

「同僚と夕飯を食べて帰ることにした」というメッセージを読んだ川端は、すぐに「わかった」と返信する。

　それから大きく伸びをした。そして川端は立ち上がり部屋を出た。リビングを突っ切りキッチンに入る。冷蔵庫の扉を開けて中を覗いた。

　川端は土曜と日曜が休みで、聖子は日曜と月曜が休みなので、休みが重なる日曜は一緒に過ごすこともあるが、もう一日は各自好きに過ごす。夕飯はどうするのかを互いに連絡しあえば、それで良かった。子どもはいない。

　冷凍庫の方の扉も開ける。三個のタッパーを取り出した。

　それぞれの蓋《ふた》に貼られた付箋《ふせん》には、その中身の料理名が書かれている。

　それらを一旦作業台に置き、更に四個のタッパーを引っ張り出して隣に並べた。少しの間悩んでから、唐揚げと、ピーマンとちくわの甘辛炒めに決めると、それが手前にくるように冷凍庫に仕舞い直した。それから炊飯器の内釜を作業台に置く。計量カップに山盛りにした無洗米を、人差し指で擦《す》り切って内釜に入れた。〇・五合の線まで水を加えて、スイッチをオンにする。そうしてから両手を思いっきり上に伸ばして、背中の凝《こ》りをほぐした。更に首をゆっくり右に回し、それから左に回す。

聖子は同僚となにを食うのだろうかと川端は考える。大体同僚って誰だよ。名前を書いてこいよって話だ。嫉妬とかそういうことじゃない。同僚ってざっくり過ぎるだろう。この前聞いたら、どうせ興味なんてない癖に、なんで名前なんて聞くのよと言われてしまった。確かにそれほど興味はないが、もう少し情報開示をしたっていいんじゃないのかと思うね。どうしてこんな関係になってしまったのか……いつからこんなルームメイトみたいな関係になったのかがわからない。昔はもっとお互いに対して興味があった。興味を失くしたのは多分向こうが先だ。俺はもっとかまって欲しかったのに、ほったらかしにされた。部下や取引先の人たちからは羨《うらや》ましいだの、理想的な夫婦関係だのと言われるが、俺はそうは思っていない。休みは今のまま一日ずれているのがいいが、夫である俺をもっと大切にして欲しい。俺はルームメイトではなく夫なのだから。

キッチンからリビングに出ると、部屋がすっかり暗くなっていた。回れ右をしてキッチンに戻り、冷蔵庫の缶ビールに手を伸ばした。すぐにプルタブを起こしてビールを喉に流し込む。再びキッチンを出て窓際まで進み、バルコニーの向こうに広がる、五階からの景色を眺めた。

　川端の土曜の過ごし方はすっかり変わった。先月までは土曜によく仕事をしていた。電話やメールが来ない分捗《はかど》るので、仕事の予定を立てる時、土曜日を含めて考えることが多かった。時には日曜にも働いたし、平日も夜遅くまで仕事をした。

　先月突然、川端がリーダーとなって動かしていた、プロジェクトの中止が申し渡された。そのプロジェクトは社長発案のものだったので、また会長から横やりが入ったのだろうと川端は推測した。社長と会長の不仲のせいで、それまでにも何度か同様の事態があったのだ。川端は自分を可愛がってくれている専務に、相談をしに行った。どうして中止になったのかを知る必要があった。プロジェクトに関わった部下たちや、取引先などどうでも良かった。プロジェクトが中止になったのをどの程度残念がるか、口惜しがればいいのかを判断するための情報が必要だった。社長を不快にさせない限界値を知り、その中で最大限に口惜しがるためだ。そうすれば社長は川端に情を掛けてくれるし、次の時に「川端君に」と指名してくれるかもしれない。川端は四千人が働く会社の中で、常にそうやって自分を売り込み、有利になるように動いて生きてきた。

　その日専務は秘書に内線でコーヒーをと言った。何度も専務室を訪れていたが、そんなことを専務が言ったのは初めてだった。専務は急に川端君はいくつになったっけと言い出した。そして妻や、住んでいる街について聞いてきた。秘書がコーヒーを持って来て、すぐに退室すると専務が「コーヒー飲んでよ」と言った。なにかとんでもないことを言われるような気がし始めていた。「いただきます」と川端がカップに口を付けた時だった。専務が語り出した。会長と社長が同時退任すると。海外との取引でトラブルが発生し、その企業が籍を置く国が介入してきた。収拾がつかなくなった会社は政治の力を借りた。なんとか世間に知られることなく収めたが、会社としてなにがしかの身を切る姿勢を見せることが求められた。紆余曲折はあったものの、会長と社長の同時退任が決まったという。

　そして専務は新社長の名前を口にした。衝撃だった。ノーマークだった第三勢力の人物だった。社長派にいた川端は、会長派の動向には十二分に注意を払っていたが、それは第三勢力にまでは及んでいなかった。川端は呆然としてただ専務を見つめた。専務は新たに任命される取締役の名前を挙げた。その中に伊波直承《いなみなおつね》の名があった。伊波は川端と同期入社だった。俺は終わった。そう思った。

　毎日必死で働いてきた。自分を評価して貰うために、実績を上げようと努力した。数字だけでなく、誰に可愛がられるか、誰を可愛がるか、そうした社内での綱渡りもこなしてきた。ずっと上を目指してきた。だがここまでだった。第三勢力が実権を握った会社で、社長派だった五十一歳の部長の川端に、明るい未来はない。このまま定年を迎える。いや、このままであればいい方だ。閑職に異動させられる可能性もあった。三十年近く遮二無二働いてきた。まだ途中だと思って全速力で走っていたのに、突然もうレースは終わったから走らなくていいと、言われてしまったようなものだった。

どう立ち回ったのか、専務は新体制になっても取締役に留任するという。それを聞いた瞬間、思わず強い視線を専務に向けた。専務は川端の視線を避けてさっと顔を横に向けた。そうして部屋の隅にあるパターを見ながら静かな調子で言った。「やれることはやったよ。川端君は今のままだ。どこかに移されることはない。私が君のこれまでの実績と能力を訴えたからね。資材第二部部長として引き続きその力を発揮してくれ。言っとくが、このような事態となったからには、現職に留まれるというのは特別の計らいだ」と。恩を売って来る専務になんと言ったのか、どんな顔で部屋を出たのか川端は憶えていない。気が付いた時にはトイレの個室にいた。便座の蓋に腰掛けて、個室の扉に真っ直ぐ伸びる、一本のペンの跡をぼんやり見つめていた。我に返った瞬間、ぶるっと身体が震えた。

川端はビールを呷《あお》った。それからカーテンを摑み一気に引き閉じた。

3

「お前はなに一つわかっちゃいねぇんだよ」大塚《おおつか》正彦《まさひこ》は腕を組んだ。

息子の秀樹《ひでき》が「わかってないのは父さんの方だよ」と口を尖らせる。

「会社では社長と呼べと言ってるだろうが」

「社長の考え方が古いからこの会社はダメなんだ。いつまで経っても下請けのままなんだ。技術はあるんだから、自ら世界に打って出ればいいんだ」

「どこで聞きかじったか知らねぇが、そんなことが上手くいきゃあ誰も苦労はしねぇんだよ。夢見てる暇があったら今月の売り上げを心配しろ」

「そうやって、これまで社長が会社の将来像をきちんと描けていなかったから、目先の金に必死になる事態が続いてきたんじゃないか。いい加減目を覚ましてよ」

「うるせぇ」

大塚の妻の香《かおり》が「そんな大きな声を出さないでくださいよ」と声を挟《はさ》んできた。

大塚は舌打ちしたい気持ちだった。気に入らねぇな。なんだってなんにもわかっちゃいねぇ息子に、ダメ出しされなきゃいけねぇんだ。俺は町工場を継がせようなんて思っちゃいなかったんだ。それなのにIT企業をたったの三年で勝手に辞めて、突然父さんの仕事を手伝うよなどと言ってきた。しょうがねぇから受け入れてやったってぇのに、感謝するどころか御託《ごたく》を並べやがって。工場も、業界も、社会の仕組みも何一つわかっちゃいねぇ癖に、口だけはご立派ときてる。秀樹がやることなすこと気に入らねぇが、俺が口を出しちゃいけねぇ。それじゃ秀樹が成長できねぇと、言わずにぐっと堪《こら》える毎日が辛い。家に戻っても気が抜けない。なにかのきっかけで仕事の話になる危険性があるし、生まれたばかりの孫は可愛いが夜泣きにはすっかり参っていた。それに女房も秀樹の嫁の遥《はるか》も、なにかってぇと秀樹の味方をしやがるのも癪《しゃく》に障る。どうして俺の会社と、俺の家で、俺が孤立させられなきゃなんねぇんだ？

　大塚は立ち上がり事務室の出入り口へ向かう。そしてピシャリと大きな音をさせてドアを閉めた。

　目の前には二百平米の広さの工場があった。機械の稼働音や、水流の音などが溢《あふ》れている。

　ステンレス製品の加工を請け負うこの工場は、大塚の父親が興《おこ》した。大塚は高校を卒業すると父親の元で働き始めた。大塚が四十歳の時に父親が他界したため、社長になって十二年になる。

　大塚は工場をざっと眺め回してから、左隅の出入り口へ進んだ。重い扉を押し開けて隙間を作り、その間から外に出る。すぐに扉を閉めると道を渡り、ブロック塀の前にある自動販売機に硬貨を入れた。転がり出て来た缶コーヒーを掴んで振り返った。

ブロック塀に背中を預け、工場の隣にあるコインランドリーを眺める。

秀樹はそのコインランドリーが好きだった。小学生だった秀樹は学校から自宅に戻ると、オヤツを手に、そのコインランドリーに日参した。なにが楽しくて、どこに嵌《は》まっているのか大塚にはわからなかった。

ある日、ガラス戸越しに秀樹の様子を窺うことにした。秀樹は洗濯機の蓋の上に座り、向かい側にある乾燥機の中で回る洗濯物を夢中で見つめていた。しばらくすると秀樹の身体が左右に揺れ出した。歌でも歌っていて、そのリズムに合わせてスイングしているのかと大塚は思った。それから秀樹はずるりと蓋から下りて、ととと、と斜めに歩いた。洗濯機に寄り掛かったり、乾燥機にぶつかったりしながらふらふらと進み、出入り口近くでぺたりと座り込んだ。そして吐いた。大塚はすぐに戸を開けて「大丈夫か？」と声を掛けた。秀樹が顔を上げた。口からは吐しゃ物が垂れていて、その瞳はぐるぐると回っていた。秀樹は乾燥機の中で回る洗濯物を見つめ過ぎて、目を回したのだ。大塚は呆《あき》れて、秀樹の前に屈み「お前はバカだねぇ」と言った。

そして息子の将来を憂いた。性質っていうのは変わらないものだから。子どもの時に間抜けなヤツは、大人になっても間抜けだ。これほどの間抜けが、社会のお役に立てるようになる訳がない。せめて世間に迷惑を掛けないように育てるしかないと、ため息交じりに決意した。その間抜けな息子が二十五歳になって、世界に打って出ればいいなどと抜かすようになった。可笑《おか》し過ぎて全然笑えない。

大塚は缶コーヒーを飲み終わると、工場の裏にある自宅へ行った。用意しておいた荷物を持つと駅へ向かう。

大通りに出ると右へ曲がった。

マンションが建ち並び、そのいくつかの一階には小さな商店が入っている。

中古オーディオ店の前を過ぎ赤信号で足を止めた。

前を横切った車が右のウインカーを点滅させる。

ふと大通りの向こう側にあるコンビニへ目を向けた。

そこは昔ボウリング場と映画館があった場所だった。子どもの頃からどちらにもよく遊びに行った。『Ｓｈａｌｌ ｗｅ ダンス？』を観たのもその映画館だった。仕事の合間にちょっと気晴らしに行った時、たまたま掛かっていた映画だった。その映画を観終わった時、無性に自分もやってみたいと思った。いい年して映画から影響を受けるとは自嘲した。だが一週間経っても、やってみたいとの思いは消えなかった。

そこで意を決して、四つ隣のターミナル駅近くの社交ダンス教室へ向かった。辿り着いた教室の外壁はガラス張りで、その上半分は曇りガラスになっていたため、中で踊っている人たちの下半身だけが見えた。たくさんのスカートが揺れ動いていた。男のものと思われるスラックスを穿いた足は、四本だけだった。

気後れして、向かいのファストフード店にひとまず逃げた。窓側の席に座り、どうしようかと揺れるスカートを眺めた。やがて隣席の女子高生たちの会話が耳に入って来た。「身体をぴったり付けて踊ってるのかな？」と誰かが言えば、「気持ち悪いよね」と誰かが感想を口にし、「なんか、こっちを馬鹿にしてるようなダンスじゃない？」と誰かが喋《しゃべ》った。「オジサンとオバサンなのに、気取って踊るのが可笑しい」「日本人が社交ダンスって変」「オジサンがぴっちり七三の髪型するんだよ。信じられる？」「なんかテレビでシースルーの服を着てる男の人が、腰をくねくねさせてるの見たことある」「オバサンがシンデレラみたいな服を着れるのが、ある意味凄い」……そうした言葉はすべて、自分に向けて言われているかのように突き刺さって来た。やがて女子高生たちの話題は別のことに移っていった。偏見だ。そう思う一方で、自分も似たようなイメージがあるから、教室へ入っていけないでいるのだとも気付いていた。しばらく迷った挙句、今日は止《や》めておこうと思った。そして教室には入らず自宅に戻った。それっきりそのダンス教室を訪ねることはなかった。

駅に着くと、ホームで時間調整をしていた電車に乗り込んだ。
車内はそこそこ混んでいた。

大塚はドア近くのつり革に摑まる。

走り出して少しすると、窓ガラスに当たった水滴が筋を作り始めた。雨だった。

折り畳み傘を持って来ていただろうかと、鞄《かばん》の中を探る。しばらくの間ごそごそと掻《か》き回し、ダンスシューズの下に隠れていた傘を、やっとのことで発見する。

二週間ほど前、秀樹の仕事に口を出しそうになって、いや、どうせこいつは俺の話なんか聞かねぇし、喧嘩《けんか》になるだけだと思いぱっと外に出た。どこへ行って暇を潰《つぶ》そうかと考えている時、映画館に行こうと閃《ひらめ》いた。スパイ映画を観終えて外に出た時、ふいに昔のことが思い出された。それは社交ダンスに興味をもった日の記憶だった。スマホでダンス教室を調べてみた。以前とは違ってたくさんのダンス教室がサイトをもち、初心者や男を優しい言葉で誘っていて、親しみ易く感じられた。昔、その目の前まで行きながら入れなかった教室は学習塾になっていたので、別の教室の体験レッスンに申し込んだ。

行ってみると、広いフロアでは同時刻に四人の女の生徒たちが、それぞれ別のインストラクターから、個人レッスンを受けていた。体験レッスンが終わると、生徒とインストラクターたちから「一緒に楽しみましょう」と言われた。受け入れられ、仲間になろうと誘われている感覚に気をよくして、ダンスシューズを用意した。

二十分ほどでＭ駅に到着した。

西口改札を抜けるとスマホに地図を出し、傘を広げた。

手の中の地図を頼りに歩き始める。ラーメン屋、イタリアンレストラン、鳥料理専門店といった飲食店が並ぶ前を進む。

女性インストラクターから提案されたのは、彼女のレッスンを受ける前に、教習所のようなところで行われる講習会に参加することだった。なんでもそこは、男の初心者ばかりを集めて基礎を学ぶ場所なのだという。複数の教室が共同で始めた新しい試みだそうで、同性の仲間と一緒に基礎を学べば、男たちの挫折率を低くできるのではないかとの考えによるものらしい。その教習所に大塚は向かっていた。

書店の前を過ぎ大通りを渡る。そして小さな看板の前で足を止めた。

米山《よねやま》ダンススタジオはこの地下だと、矢印で示されている。

大塚は白い階段を見下ろす。

大丈夫だろうか。ダンスなんぞやったことはない。そもそも運動をしてこなかった。映画を観た時には格好いいと思ったし、体験レッスンではインストラクターから褒《ほ》められて、満更でもなかった。だが向こうは商売だ。おだてるのが仕事だ。心の中じゃ大笑いしていたかもしれねぇ。参ったな。ここまで来て急に弱気になっちまった。俺は主《あるじ》だった。工場の主だったし、一家の主でもあった。だが今そこから追い出されようとしている。このまま秀樹に主の座を譲っていいのか？　譲るべきなのか？　わからん。とにかく今はなにかに夢中になりたい。行き先が欲しい。だからここまで来た。いいじゃねぇか。一人じゃない。初心者の男たちばかりだというんだから。向いてねぇとわかったらやめればいいんだしな。俺は男だ。ぐだぐだ言ってねぇで、いっちょやってみようじゃねぇか。

大塚は一つ頷くと階段を下り始めた。

4

米山信也《しんや》は「一、二、三」と口で拍子を取る。「一、二、三。一、二、三」

米山のダンススタジオには、二十五人の男たちがいた。

米山は声を掛け続けた。「一、二、三。田中さん、一歩目は左足からです。左。それは右。そうそっち。一、二、三。一、二、三。川端さん、周りを気にし過ぎです。自分のステップに集中しましょう。一、二、三。大塚さん、つま先を意識しましょう。踵《かかと》に体重が乗ったままだとステップではなく、歩いているだけになります。一、二、三」

いくつものダンス教室から紹介されてきた初心者の男たちに、基本のステップを教えるのが米山の仕事だった。今日はその初日。十三回のレッスンで、十種類のダンスの基本ステップを教えるこの計画には、かなり無理があった。

社交ダンスにはスタンダードと呼ばれる五種類のダンスと、ラテンアメリカンと呼ばれる五種類のダンスがある。ワルツ、タンゴ、スローフォックストロット、クイックステップ、ベニーズワルツがスタンダード。チャチャチャ、サンバ、ルンバ、パソドブレ、ジャイブはラテンアメリカンだ。大雑把に言えば優雅に踊るのがスタンダード。情熱的にセクシーに踊るのがラテンアメリカンだ。それぞれのダンスには基本のステップがあり、それを男たちに短期間で一気に教えるよう、ダンス教室のインストラクターたちから要望されている。基本ステップをざっくり教えてくれたら、後はそれぞれのダンス教室でゆっくり指導するという。こういう仕事を米山が受けたのは初めてだった。

米山は「一、二、三」とワルツのリズムを口で刻みながら、スティックの先を生徒の左足に当てる。

そして「この時の体重は左足です」と指摘し、すぐに「一、二、三」と続ける。

それから「皆さん、腕はどうしましたか？」と全員に声を掛けた。

生徒たちが一斉に腕を上げてホールドのポーズを取る。

この企画は失敗すると米山は確信する。どう考えたって無茶だと米山は言った。だがやってみなければわからないと押し切られた。わかっていたさ、最初っから。覚えの悪い年のいった男たちが、短期間で十種類のステップを覚えられる訳がないじゃないか。今日のワルツのステップを、来週まで覚えていられる生徒はいないだろう。なのに来週は別のステップを教わる。混乱するだけだ。だがまぁどうだっていい。どうせ女の手を握れるとか、身体に触れるといった不純な動機のオッサンたちだ。さっさと女たちが手ぐすね引いて待っている教室へ行き、思う存分手を握り身体を触ればいい。どんなに下手《へた》でも女たちは踊って貰いたがるだろう。勝手にどうぞ。僕には関係ない。もう教えることにも、社交ダンスにも興味はない。生徒たちがどうなろうと僕はなにも困らない。

そもそもこの話は、借りのある先輩インストラクターから頼まれて、断り切れずに受けたものだった。半年前にすべてのレッスンを止めた米山は、貯金を切り崩して生活をしていた。そして貯金残高が心細くなっていくのを、そのままにしていた。そんな時に先輩が訪ねて来て、米山に昔の恩義を思い出させ無理強いしてきたのだ。

米山は生徒の背中にスティックを当てる。「背中を伸ばして。一、二、三。一、二、三。ステップを踏む時には足を進めることだけでなく、体重の移動も常に意識しましょう。こういう風に。右足を一歩進めるのと同時に、体重を後ろから前へ移す。この動き。これがダンスです。体操ではありませんからね。はい、聞いてるフリして休まない。動いてください。一、二、三。一、二、三」

すっかり身体が動かなくなっていると米山は自覚した。半年の間、まったくダンスをしなかったせいだろうが、この生徒たちにはインストラクターの身体のキレなどわかりっこないから、構わないだろう。

半年前に妻の悦子《えつこ》が病死した。悦子は妻であり、ダンスのパートナーでもあった。その二つの大きな存在を米山は一挙に失ったのだ。

米山は「一、二、三」とカウントをしながらドア横の棚へ目を向ける。四段の棚には、ダンスミュージックのＣＤがびっしり並んでいる。そして最上段には花瓶があった。

そこにはいつも悦子が花を飾っていた。

だが今は白い花瓶だけがあった。

悦子が大学の社交ダンス部に入部してきた時、米山は二年生だった。今から二十五年前のことだ。新入部員を指導するのは二年生の役目で、グループに分かれて基本のステップを教えるのだが、悦子は米山とは違うグループに入ったため、接する機会は少なかった。その上悦子は見た目も性格も目立たない方だったので、飲み会などの席でも印象は薄かった。

ところが夏合宿に行った時のことだった。合宿初日に、ダンスを披露する際のペアを決める抽選が行われた。男女比に大きな差があったため、男子部員一人に対して、ペアとなる女子部員は五人になった。米山と踊る五人の女子部員の中に悦子がいた。ラテンアメリカンのルンバの振り付けを米山がして、五人の女子部員たちに伝えた。練習を重ねていき、それぞれと踊ってみることになった。三番目が悦子だった。踊り始めて驚いた。悦子は情熱的にルンバを踊っているのに、優しさを感じさせた。社交ダンスで大事なのは男女でステップを合わせて踊ることだが、ラテンアメリカンはスタンダードよりも自主裁量の範囲が広い。また曲調が激しく、情熱的なダンスが求められるため、必要以上に自己主張して踊る女性が多い。このため男女で踊っているのにバラバラな印象を与え、残念なダンスになるケースもある。だが悦子は違った。常に米山を意識している。そしてキレがある動きをしていても強さではなく、柔らかさを感じさせた。心地よかった。夢中で踊った。どちらかが目立つのではなく、一緒に一つの踊りをしようとしているのが新鮮だった。ずっと踊っていたいと思った。

　曲が終わりに近くなった時、米山は悦子の耳元で「付き合ってください」と囁《ささや》いていた。言ってから、なんてことを口にしたんだろうと恥ずかしさに襲われた。悦子はじっと米山の目を覗き込んできて、それから優しい笑顔になって小さく頷いた。今自分は幸せの中にいると感じた瞬間だった。曲が終わった時にはあちこちから拍手が起こった。米山と悦子のダンスを良かったと感じた部員たちから、自然に発生した拍手だった。後になって「僕がダンス中に付き合ってくださいと言った時、君は驚かなかったね」と言うと、「だって驚かなかったもの」と悦子は答えた。踊っているうちに、そうなるとわかっていたと悦子が理由を口にした時、彼女も同じように感じていたのだと知った。

「はい、それじゃあ、最初の位置に戻ってください」と米山は皆に声を掛ける。「最後に音楽を掛けて、曲に合わせて踊ってみましょう」

米山は受付カウンターまで移動し、デッキのリモコンを摑んだ。それからリモコンのボタンを押す。

天井の二隅にあるスピーカーから音楽が流れて来た。

すると生徒たちがざわめく。

米山は声を上げた。「よく音楽を聞いてください。いきますよ。せーの、一、二、三。一、二、三」

生徒たちがわーわー言い出した。

川端が手を挙げた。「いきなり速くなってますよ。さっきまでは一、二、三と」手を叩《たた》く。「これぐらいの速度だったじゃないですか。でも、この音楽に合わせようとしたら、一二三とこれぐらいになりますよ。これに合わせるんですか？」

米山は音楽を止めた。「なにか問題ありますか？　少し速度を上げるだけです。ステップが難しくなるわけじゃないんですから、大丈夫ですよ。音楽に合わせて身体を動かす方が、楽しいんじゃないですか？　はい、いきますよ」

米山はリモコンのボタンを押す。

すぐに音楽が聞こえてくる。

米山は声を掛ける。「いきますよ。せーの、一、二、三。一、二、三」

生徒たちが動き出す。

誰かが「うわっ」と声を上げた。

そのうちぶつかった生徒同士が「すみません」と謝る姿が見られるようになった。

パニックを起こし掛けた生徒たちが、右往左往するのを米山は静かに眺める。

しばらくしてから米山は音楽を止めた。「わかりました。今日は音楽はやめましょう。皆さん落ち着いて。それじゃ、いきますよ。一、二、三。一、二、三」

生徒たちはそれから五分ほど、ゆっくりのテンポでワルツの基本ステップを練習した。

壁の時計が午後三時を指したところで米山は言った。「今日の練習はこれで終わりです。お疲れ様でした」

生徒たちが一斉にへたり込んだ。

米山はリモコンを受付カウンターに戻し、ペットボトルを掴んだ。ミネラルウォーターを飲む。「先生」と声がして振り返ると、田中が手を挙げていた。

田中が言う。「この後、ここでは別のレッスンがあるんでしょうか？　もし空いているなら、自主練させていただけないかと思いまして」

「どうぞ使ってください。今ここでは、このレッスンしかしていないですから。いつでも好きな時に好きなだけ使ってください」

「有り難うございます」と言う田中に向かって、隣の大塚が「熱心ですな」と声を掛けた。

田中が「なにをするにも人より時間が掛かる性質《たち》でして」と答えた。

今度は川端が手を挙げる。

「なんでしょう？」と米山は尋ねた。

川端が言う。「休憩室にあるトロフィーや賞状は、先生が獲得したものですよね？」

「そうです」

「競技会っていうんでしたっけ？　そういうので？」

「はい」

「今までで一番記憶に残っている競技会は、どういうのでしたか？」

一番記憶に残っている競技会……米山は考える。

あれだな。一つの競技会のことを思い出した。

米山は大学を卒業後、社交ダンスのインストラクターをしながら競技会に出場していた。悦子と二人でいくつもの賞を獲った。普通の企業に就職しないという決断を両親に話した時には、猛反対をされた。ダンスは趣味にしておけと父親は言った。「僕から社交ダンスを失くしたら自分ではなくなる」と米山は訴えた。

米山は子どもの頃、小児喘息を患った。いつ発作が起こるかわからず、びくびくして毎日を過ごしていた。それが中学生になった途端、ぴたっと症状が出なくなった。それまで控えていた運動をするようになった。身体を動かすことがとにかく楽しかった。野球、サッカー、バスケットボール。なんでもやった。両親はスポーツをする米山を見て喜んだし、応援してくれた。大学で社交ダンスと出合った米山は、その世界で生きていくと決めた。諸手《もろて》を上げて賛成はしてくれないかもしれないが、いずれ応援してくれると米山は思っていた。だが何度説明しても、両親は米山の気持ちを理解してはくれなかった。ただ反対をし続けた。やがて怒った父親が、大学まで行かせたのは、ダンサーにするためじゃないと言い出し、大学の授業料を返せと怒鳴った。米山は「わかりました。少しずつですが必ず返します」と啖呵《たんか》を切った。

その日を境に連絡を断ち実家には行かなくなった。それから毎月母親の口座に金を振り込み続け、大学の四年間に掛かった授業料と同額分の金の振り込みを、二年で終えた。それからも両親から連絡はなく、また米山も連絡を取らなかった。

数年後に行われた競技会のことだった。授賞式で準優勝のトロフィーを受け取り、記念撮影に応《こた》えていた時、悦子が囁いた。信也のご両親に似ている人を見かけたと。見間違いだろうと米山は言った。その後男性専用の控え室で帰り支度をしていると、誰かに名前を呼ばれた。振り返ると客が来ていると言う。生徒が花でも持って陣中見舞いに来てくれたのだろうと部屋を出ると、廊下の隅に両親がいた。父親は居心地悪そうな顔をしていて、母親は嬉しそうな顔をしていた。誰もなにも言い出さなくて、ただ三人でじっとしていた。しばらくして母親が思い出したような表情になって、花束を米山の手に押し付けてきた。それから父親がぼそっと言った。次は優勝しろよと。思わず米山は苦笑いをした。その時……米山はほっとした。もう意地を張り続けなくていいんだなと思ったら、少し呼吸が楽になった気がした。

この競技会のことが一番記憶に残っているが、川端が聞きたい答えとは違うだろう。

米山は口を開いた。「特にこれというのはありません」

「海外の競技会にも出たことがあるんですか？」川端が尋ねて来る。

「はい」

「凄いですね、それは。写真の先生の隣にいる女性が、先生のパートナーですよね？来週のレッスンにはその女性もいらっしゃいますか？」

「……レッスンには来ません」

米山はペットボトルのキャップを開いて、またミネラルウォーターを口に含む。

　そして米山は悦子を想う。悦子は生徒たちから人気があった。教え方が上手かったし、僕とは違って辛抱強かったしな。悦子からは度々教え方が厳し過ぎると言われたもんだ。それじゃなくても顔が怖い方なのだから、生徒さんがミスしても睨《にら》んだりしちゃダメよとも注意されたっけ。真剣にダンスに向き合わないヤツらが許せなかったんだよな。だが今は社交ダンスなんてどうでもいいと思ってる。そんな風に思う日が来るなんて想像できなかった。悦子のせいだからな。君が僕を置いて逝ってしまったから……僕はどうしたらいいかわからない。なにもする気が起きないよ。朝起きてうんざりする。また独《ひと》りで一日を過ごさなくてはいけないことにだ。

「先生」と声が掛かり顔を向けると、今度は大塚が手を挙げていた。

「なんでしょう？」と米山は尋ねた。

「これからの段取りについてなんですが、十種類あるステップを、おおよそ一週間に一つずつ覚えていくという計画なんでしょうか？」

「そうですね」

「その十種類は全然違うもんですか？　いや、なに、似てたりしたら混乱しねぇかと思いまして」

「混乱はするかもしれませんね。本来はゆっくり時間を掛けて少しずつ覚えていくものなんです。それをこのプログラムでは、短期間で一気に身につけるのを目標としているわけですから、生徒さんは大変だと思います」

「大変だなんて先生が言っちゃうんですね」

米山はそれ以上なにも言わず、ミネラルウォーターを飲み干した。

5

「今日も大変でしたね」と田中は声を掛けた。

「そうでしたね」と向かいに座る大塚が大きく頷く。

「わかっているのに、身体が動かないっていうのは年ですかな。それとも才能がないせいでしょうか?」

「どっちもあるかもしれませんね」

「それにしても、パフェがこんなに旨いもんだと、この年になって初めて知りましたよ」

「俺もです。運動した後だから身体が甘いものを求めてるんでしょうな。だがボソボソしたもんを食う気はしねぇ。その点こういう柔らかいもんはいいですな」

「そうですね」

「一人じゃ注文する勇気はねぇが、二人ならこういうもんも注文できる。仲間がいて良かったですよ」

そう言ってから、大塚がマロンパフェの生クリームを口に入れた。

田中は米山スタジオでの二回目の社交ダンス教室が終わった後も、自主練をした。やはり居残りをして自主練をしていた大塚を誘って、駅前の喫茶店に入ったのだった。

大塚が言った。「田中さんが撮影して送ってくれた先生の動画。あれは役に立ちました。あれがなかったらもっと悲惨な目に遭《あ》ってましたよ」

「今日のも撮影しましたから、後で皆さんに送っておきますよ」

「かたじけない」

「いえいえ」長いスプーンを皿に置いて右腕をゆっくり回す。「年を取ると筋肉痛というのは翌日にはこないもんですな。前回の練習の翌朝、筋肉痛になるだろうと思っていたんですが、ならなかったんです。これはしめたと思ったら、その次の日に来ました。ベッドから起き上がれなくて難儀しました」

「一緒ですよ」

「そうですか？　私だけではなかったんですな」ひと口アイスクリームを食べてから田中は尋ねた。「映画を観るというお話でしたが、最近のでお勧めのものはありますか？」

「最近のでってぇことになると、面白いもんはありませんね。昔の映画の方が、出来が悪くてもちゃんとこっちの胸に響いてきますな。どうしてなんだかわかりませんが。田中さんは映画は？」

「映画はあまり観ないんですよ。物語は映像ではなく本で楽しむことが多いです。そういえば、先生のパートナーの女性も読書が好きだったようで、ブログに読書感想文を載せていましたよ」

「そうですか」

「その方は恐らく……亡くなったようです」

「そうなんですか？」大塚が目を丸くする。

「休憩室の賞状にあった名前からハンドルネームを想像してみて、色々検索してみたんですよ。それで、内容からいって米山先生のパートナーの方ではないかと思われるブログを見つけたんです。それが本当にそうなのかはわかりません。ただもしそれがその方のだとすると、最後の更新が半年前なんです。そこに書いてあることから推察して、それはその頃に亡くなられたということを意味しているように思いました」

「そうだとしたら……まだ若かったでしょうにな」

大塚は手を止めると窓外へ目を向けた。

田中も外の世界へ視線を移す。

陽は弱く薄暗くなっていて、人の姿は見当たらず静かな気配があった。

一台のタクシーがスモールライトを点《つ》けて、ゆっくりと店の前を通り過ぎて行った。

大塚がぽつりと言った。「だからですね。どうもあの先生には暗い影があると思ってたんですよ。練習中も心ここにあらずといった感じですし」

田中は重くなったその場の空気を変えようとして尋ねる。「大塚さんは映画の他にはなにが好きなんですか？」

「趣味ってことですか？」

「趣味でも結構ですし、趣味とまでは言えないが好きなことでも、なんでもいいんですがね。そう難しく捉えんでください。定年退職してから色んな方にお尋ねしてるんですよ。なにか私も見つけたいと思っているものですから、ヒントを貰えるんじゃないかと思いましてね」

「なるほど」アイスクリームを口に入れてから答える。「プロレスが好きですね。見る方ですよ、勿論。単純でいいんですよ、あれ。いいヤツがいて、悪いヤツがいて、殴って決着をつけるというのが。それにプロレスが好きだと言っても、家族からはなんとも思われないのがいい点です。放っておいて貰えます。社交ダンスとは違うんですよ」

「社交ダンスは放っておいて貰えないんですか？」

「でしょうな。大騒ぎになるに決まってます。決まってますって。あれ？　田中さんはもしかして社交ダンスを習っていることを、家族に言ってるんですか？」

「はい」田中は頷く。

身を乗り出した。「家族の反応はどうでした？」

「妻はそうですかと言った後、どういった練習着を用意すれば宜しいのでしょうかと聞いてきましたね。それだけです」

驚いたといった顔をした。「凄い奥さんですな」

「凄いでしょうか？」

「凄いですよ」

確かに妻のチヨ子には凄いところがある。昔、夜中にチヨ子に起こされたことがあった。下の子の直美《なおみ》の熱が下がらないので、病院に連れて行って欲しいと言った。まだ直美が三歳ぐらいの頃だ。救急車を呼んだ方がいいんじゃないのか？　と田中は尋ねたが、車で病院に行った方が早いとチヨ子は断言した。そこで自家用車で救急病院に連れて行った。

直美はそれまで見たことがないほど苦しそうで、田中は気が気でなかった。医者は肺炎を起こし掛けてはいるものの、それほど心配する必要はないが、念のためひと晩入院してくださいと言った。肺炎などと恐ろしい病名を口にしておいて、それほど心配しなくていいなどと言う医者に対する不信感と心配で、パニックをきたした田中は、ちゃんと容体を見ていてくれるのか、本当に大丈夫なのかと何度も何度も問い質《ただ》した。そんな中、チヨ子は田中の隣で落ち着いた様子で座っていた。病室に案内してくれた看護師が、一度帰られて、着替えなどの荷物を持っていらしたらどうですかと言った。するとチヨ子はすべて用意して参りましたと答えた。看護師は驚いた顔をし、田中も同じように驚いた。

　そういえば起こされた時、チヨ子はパジャマ姿ではなかった。それに田中が布団を捲《めく》った時には、枕元に自分の着替えが用意されていた点にも思い至った。看護師が出て行き病室に三人になった時、田中は尋ねた。いつの段階で入院の用意までしていたのかと。チヨ子は言った。午後七時に直美がだるそうにしていたので、念のため用意を始めたと。その時点で熱はなかったんだろ？　と田中が確認すると、平熱でしたと言って頷いた。「だるそうにしていた段階で、入院する用意をしていたのか？」と田中が尚も尋ねると、「念のためです。そういう用意は無駄になっても構いませんから、一応しておいたんです」と平然と言ってのけた。そして「実家の母に連絡してあるので、朝、家に来て、拓哉《たくや》を学校に送り出してくれることになっています」と続けた。なんとそうした依頼も、直美が熱を出す前に済ましていたという。

チヨ子は動じない。そして完璧だ。だが感情はどこにあるのだろうか。家事も育児もきちんとしているし自分に尽くしてくれる。不満はない。だがチヨ子は幸せなのだろうかと時々思うのだ。チヨ子に感情の起伏はない。いつも平らだ。喜怒哀楽がないように見える。『怒』と『哀』がないのはいいかもしれないが、『喜』と『楽』もなければ人生が味気ない。田中はチヨ子に感謝しているが、チヨ子の方はどう感じているのだろう。

田中は尋ねる。「大塚さんは社交ダンスを習っていることを、ご家族にはお話しされてないんですか？」

「してませんよ」大きな声で言った。「無理無理。田中さんの奥さんみたいに受け止めてくれやしません。うちのには偏見がありますから。社交ダンスにも、俺にも。社交ダンスはいい運動なんだと説明したところで、偏見は偏見のままですよ。だから家を出る時には釣り具を持って出ます」

「釣りをしに行くと嘘を吐いて出てきてるんですか？」

「いや、正確に言うと嘘は吐いてません。ただ釣り具を持って家を出る。俺が口にするのは行ってくるよのひと言だけ。家族は俺を見て、あぁ、釣りに行くんだなと勝手に勘違いするだけですから。幼馴染《おさななじみ》が近所で魚屋をやってましてね。そいつ、かみさんに逃げられちゃって一人暮らしなんですよ。そいつのところに釣り具を置かしてもらって、そこからここに来てるんです」

「それだと確かに嘘は吐いてませんな」

その時「どうも」と声を掛けられた。

顔を左に向けると、篠原仲行《しのはらのぶゆき》がこちらに近付いてくるところだった。

社交ダンス教室で一緒に習っている人だった。

「奥にいらしたんですか」田中は言った。「気が付きませんで失礼しました」

「こちらこそ」と篠原が答えた。

女が軽く田中たちに会釈をしながらレジの方へ向かう。

篠原の妻だろうか。

篠原が話し出す。「動画はもう送っていただかなくて結構です」

「そうですか？」田中は答えた。

「もうあの教室はやめますので」

「そうなんですか？　それは残念ですな。理由をお尋ねしてもよろしいですか？」

「理由って、この企画そのものが大失敗でしょ。たったの十三回のレッスンで十種類のステップを覚える？　無理ですよ、そんなの。インストラクターたちが楽をしようとしたんでしょう、恐らくね。初心者に教えるのは大変だからまとめて一気にって。とんでもない話ですよ。それに米山。教える気、ゼロでしょ。生徒の気持ちなんて微《み》塵《じん》も考えてないでしょ、あの人。ステップをして、はい、やってみて。これだけですから。初心者相手に、こんなレッスンがありますかって。田中さんたちも早いとこ見切りを付けた方がいいですよ。あんな先生じゃ覚えられっこないんですから。先に振り込んだ授業料を返して欲しいぐらいですよ。ま、そこまではしませんがね。もし社交ダンスをしてみようという人が現れたら、間違いなくやめておけと言いますよ。それじゃ、そういうことなんで」

篠原は言いたいことだけ言うと、レジ前で待っていた女と一緒に店を出て行った。

田中はアイスクリームの下のスポンジケーキにフォークを突き刺した。

篠原の言う通りだ。だが、とも思う。結論を出すのが早過ぎないか？　確かに米山の教え方は懇切丁寧とは言い難い。だが二十五人もの生徒それぞれに、丁寧に教えるのは不可能であろう。そもそもステップをざっと勉強しましょうというのが、このレッスンの目的だ。大まかにどういったものかをわかった後で、それぞれが教室で個別にきちんと学べばいい。早々に結論を出してしまうのは勿体ないと思う。もう少し様子を見てからにすればいいのに。それにレッスンや米山を否定されるのは……一生懸命やっていることにケチを付けられたようで気分が悪い。別に米山に大満足している訳でもないのだが。

「気に入らねぇな」大塚が言った。

田中は顔を上げた。

「ああいうヤツだよ」大塚が顎《あご》で出入り口付近を指す。「やめたけりゃ、黙ってやめりゃあいい。それをペラペラと喋りやがって。良くないところをあげつらって、残って続けようとしている方がおかしいと思わせようってぇ魂胆《こんたん》なんだ。そういうヤツは気に入らねぇ」

大塚が自分と同じ思いだったとわかり、少し嬉しくなって「同感です」と田中は言った。

田中たちが店を出たのは午後五時半だった。電車を乗り継ぎ、田中が自宅に戻ったのはそれから五十分後のことだった。

田中はすぐに風呂に入った。

浴槽の湯に浸かり足を伸ばして天井を仰ぐ。それからゆっくり首を回し肩を手で揉《も》んだ。

二階家の一階の端にあるこの浴室は、四年前にチヨ子の母親を受け入れた時に改装をした。入り口の段差を無くし、扉を外開きにして浴槽の横の壁に手摺《てす》りを付けた。義母は二年前に他界したが、手摺りはどうせそのうち自分たちも使うようになるだろうからと、そのままにしてある。孫の裕介《ゆうすけ》と一緒に風呂に入った時には、その手摺りに手拭いを巻き付け、プールにある滑り台のようにしてやった。アヒルや怪獣が手拭いを滑り、湯船に落ちる様を見た裕介は大層喜んだ。「裕介のパパも昔風呂で怪獣を泳がせていたんだよ」と話すと、裕介は目を真ん丸にした。父親が昔は子どもだったということが、よく理解できていないようだった。

田中は右足を曲げて自分に引き寄せるようにして、親指を摘《つ》まんだ。そして親指をゆっくり回す。

この手摺りに頼る日はまだまだ先にしたいと田中は願っているし、足腰はしっかりしているとの自信もあった。

六十歳で引退したのは早過ぎただろうかと、田中は今更ながら考える。あれはいくつの時だったか、六十歳で定年になっても、六十五歳までは再雇用して貰えるようになったと知った。その時にずるずると現役にこだわるのは潔くないと思った。会社は後輩たちに委《ゆだ》ねて、すぱっと身を引くのが先輩としての正しい道だと。

田中が五十八歳になった時に、取締役から定年後はどうしたいかと問われて、妻と相談してから決めたいと答えた。チヨ子に「六十歳で完全に引退しようと思っているが、それでいいか？」と田中が言うと、「わかりました」と頷いた。翌日田中は取締役に六十歳で引退しますと宣言した。取締役はそうかと言った。それだけだった。その対応には不満を覚えた。そこをなんとか後二年、一年でも構わないから働いてくれないかと、引き留められるのではと考えていたからだ。自分は一生懸命働いてきた。

会社に尽くしてもきた。田中さんだから発注するんだよと言ってくれる取引先も多いというのに。取締役の態度は、これまでの田中の会社員人生を否定するものだった。立ち尽くしている田中に向かって取締役は「もう行っていいよ」と席に戻るよう促した。自席に戻った田中がパソコンのマウスに手を伸ばし掛けた時、その手が震えているのに気が付いた。胸に溢れる口惜しさを必死で抑え付けた。

それから数日後のことだった。田中が六十歳で引退すると聞きつけた部下たちが、残ってこれからも指導してくださいよと言ってきてくれた。その時には、会社からはさほど評価されなかった自分だったが、部下たちからは慕《した》われていたのだと思えて救われた気がした。それでも取締役からは引き留められなかった事実は、棘《とげ》のように田中の胸に刺さった。その痛みは今でも時折ぶり返す。その度に引退生活を思いっきり楽しんでやるぞと意気込むのだが、未《いま》だに楽しめてはいなかった。

いつもより長めの入浴を終えて浴室を出た。

脱衣所の棚には、チヨ子が用意してくれた部屋着が置いてあった。

それに袖を通すと脱衣所の扉を開ける。

ダイニングテーブルには新聞と、田中の箸《はし》と、つまみが載った皿が二つあった。

キッチンからチヨ子が「ビールにしますか?」と聞いてきた。

「そうだな」と答えて窓側の席に着く。

田中は夕刊を広げながら、ふと壁のカレンダーに目を向けた。

そのカレンダーにはチヨ子の予定が書き込まれている。

今月は二ヵ所に美術館の名前があり、一ヵ所には銀座の文字と数字の十二が書かれていた。

チヨ子の趣味は美術館での絵画鑑賞だ。田中が定年になってから、チヨ子と一緒に何度か行ってみたこともあった。だが一つひとつの作品を穴のあくほどじっくり鑑賞するチヨ子とは、観るスピードが合わず、出口で待ってるよと声を掛けて先に退出となった。そんなことが続いた後で、チヨ子から「行かれますか?」と誘われて断った。そうして何度か断っているうちにやがて誘われなくなった。チヨ子はそれまでのように、一人で行くようになった。

今月は二度美術館に行くつもりなのだろう。もう一つの銀座というのは、友人とのランチの約束と思われた。

そうした時には近くの店に食べに行くか、コンビニで弁当でも買うかするから、なにも用意せんでいいと田中は言う。だがチヨ子はそんな訳にはいきませんと言い、必ずなにがしかの用意をしてから出掛ける。そしてテーブルと、冷蔵庫のタッパーのどちらにも、レンジの加熱時間を記したメモが貼られた。

空になったグラスに田中がビールを注《つ》ぎ足した時、チヨ子がテーブルに夕食を並べ始める。

「ハンバーグだ」と田中が喜ぶと、チヨ子が「運動をされた後なのでお肉の方がいいかと思いまして」と言った。

チヨ子が向かいに座るのを待ってから、田中は「いただきます」と声を上げた。

フォークとナイフを使ってハンバーグを切り分けると、それを箸で摘まんで口に運ぶ。

旨かった。

チヨ子が口を開く。「練習はどうでしたか？」

「今日も厳しい練習だったよ。今日はなるべく鏡を見ないようにしてみたんだ。だがそれはそれで難しいものだったよ。左右がわからなくなってしまうから、他の生徒が踊っているのを鏡越しには見たくなかったんだが、とても大きな鏡でね。視界から締め出すことはできなかったよ。お前は今日はなにをしていたのかい？」

「私ですか？　家のことですよ」

「具体的に教えてくれよ」

「具体的にですか？　あなたが出掛けてからということですよね？」チヨ子が確認をしてきた。「そうですねぇ。二階のバルコニーにある植木鉢の手入れをしましたね。それから買い物に出かけて、帰って来て、アイロン掛けをしてから夕食の支度をしました」

「それは楽しいか？」

「楽しいとか、楽しくないとかではなくて、やらなくてはいけないことですから」

「やらなくてはいけないことの中に、なにがしかの喜びみたいなものはないのか？」

「家事の中に喜びですか？」チョ子が首を捻る。「ないみたいですね。思い付きませんもの」

「少しの喜びもなくてよく毎日続けられるな」

「ですから、言いましたでしょ。やらなくてはいけないことですから」

「それにしたって……それでいいのか？」

「どういう意味ですか？」

「それでお前は幸せなのか？」思わず田中は尋ねた。

「あらまぁ、どうしたんですか、今日は。幸せかなんてお尋ねになったりして」

「…………」

「自分が幸せかどうか考えておきますわ」と表情を変えずに言ってから、ブロッコリーに箸を伸ばした。

チョ子の答えに田中は衝撃を覚える。考えなくては幸せかどうかわからないのか……喜怒哀楽がないように見えたのは、そもそも喜びや楽しみを感じていなかったからなのか。それは……寂しい人生じゃないか。妻がそんな寂しい人生を過ごしていたのに、私はまったく気が付かなかったのか。夫が定年になった途端に、妻から離婚を切り出されたといった話を聞いたことがある。定年から約一年経ってはいるが、我が家は安泰という訳でもないだろう。なにせ幸せかどうかわからないと言っているのだから。離婚するとなったら……私は困ったことになる。人生百年とまでは言わなくても、平均寿命まで二十年ぐらいある。これからの二十年を一人でなんてとんでもない。離婚する気はないんだよなと確認しておくべきだろうか？　いや、離婚したいかどうか考え始めたりして、藪蛇《やぶへび》になる可能性もある。ここはなにも言わずに様子を窺うに止めておくべきだろう。

　田中は箸を置きグラスに手を伸ばした。そしてビールを飲み干すとテーブルに戻した。

　チヨ子は無表情のままニンジンを口に運んだ。

6

　川端は左手でスマホを耳にあて、電話相手に話をしながら右手で財布の中を探る。

そうして探し当てた診察券を受付カウンターに置いた。それからスマホを指差した後で、その指を外に向ける。右に座る山中百合子《やまなかゆりこ》が頷いたのを見届けてから、川端は外に出た。

デンタルクリニックの入り口前で、それから五分ほど電話をした。

受付に戻ると「十五時で予約入ってたでしょ？」と山中に確認した。

「はい。保険証をお預かりできますか？」

「あぁ、ちょっと待って」財布を広げた。「あっちこっちからどうしたらいいかと電話が入るんだよ。困った時にね。俺に縋《すが》ればなんとかしてくれると思っちゃってるんだから、参っちゃうんだよね。検診ぐらいゆっくり受けさせて欲しいもんだよ。はい、これね。今のはさ、台風の影響で船の到着が遅れそうで、それを受け主さんに連絡したら、だったらキャンセルすると言われてしまったって話なのよ。その船の場合は往復させるのに一億ぐらい掛かってるからさ、簡単にキャンセルなんて言って欲しくないわけよ。デンタルクリニックの予約をキャンセルするのとは違うんだからさ」

左に座る森本愛花《もりもとあいか》が保険証を返してきたので、川端は財布に戻す。

その時、山中と森本とは違う制服を着た女が通路から顔を出し「川端諒一さん」と名前を呼んだ。

川端は診察室の椅子に座り大きく口を開けた。そして歯科衛生士が歯石を取っていく。

そんな中、川端は飲み会への出欠席の連絡をしなくてはいけないことを思い出し、さて、どうしたものかと考える。

そのメールは先週届いた。伊波の取締役就任を同期で祝おうという趣旨のものだった。ふざけるなと思った。自分が課長になった時も、部長になった時も祝う会を開いて貰っていない。自分は祝って貰ったことがないのに、どうして伊波を祝ってやらなくてはならないのかとムカムカした。それでメールはシカトした。

昨日になって社食で岩崎《いわさき》千加子《ちかこ》と鉢合わせをした。メールの送信者であり、飲み会の主催者だ。岩崎から出欠席を問われた川端は、なんで祝う会を企画したのかと尋ねた。すると岩崎はケラケラと笑った。実に楽しそうに。岩崎は言った。「そんなに素直に不満だって顔をするなんて、サラリーマンとして、どうなの？」と。だから川端は反論した。「俺はサラリーマンの鑑《かがみ》のような存在だ。皆が俺に気を遣わないように、これまで以上に明るく振る舞うような立派な大人だしな」と。岩崎は「定年までまだあるし、それも延長されるかもしれないのよ。それに川端君自身が、再雇用を希望することになるかもしれないでしょ。そうなったら先はまだまだ長くなるわ。祝う会に出ておめでとうと言っておいた方が、得なんじゃないの？　川端君はそういう得か損かということを、人一倍気にしてきたでしょ？」と諭《さと》してきた。それも一理あると川端は思った。だが、そうはしたくないという気持ちの方が大きかった。飲み会の席の自分を想像しただけで胸が痙攣《けいれん》しそうだった。

川端は尋ねた。「岩崎はそういう打算から祝う会を企画したのか」と。岩崎はまた笑い声を上げて「百パーセントの祝う気持ちからよ」と言った。思わず浮かんだ疑いの表情を見た岩崎は「本当よ」と明言した。「野球で譬《たと》えるなら、川端君も伊波君も同じ一軍で戦ってきたのよね。だから同じチームに所属していてもライバルでもあった。それで動向が気になるし心が乱されるのよね。でも私の場合は、そもそもグラウンドに出たことさえないのよ。選手として登録されてもいないの。うちの会社の男女平等なんてそんな程度。女の私は野球が好きかさえ聞かれたことがないの。やりたいかとも聞かれたことがない。裏方としてチームに貢献することしか求められていないの。ずっとね。売店でフランクフルトを売っている私は、最多勝利を記録した同い年のピッチャーを、自分の延長線上には見ないの。だから心の底からおめでとうという気持ちになれるのよ。この譬え、わかり難かった？ 男性に理解して貰いたい時には、野球の場合で言い換えるようにしてるんだよね。女の知恵でございます」と岩崎はふざけた様子で言った後で「返事は今週末までなんで、よろしく」と続けた。岩崎の割り切り方に川端は感心した。だがそこまで気持ちを切り替えられない川端は、祝う会への出欠席をまだ決められていない。

歯石取りが終わったのは三十分後だった。

受付の前にあるソファに座りスマホを確認する。この三十分の間に電話とメールは入っていなかった。

「あの、川端部長ですよね？」と声を掛けられた。

川端が顔を右に向けると三十代ぐらいの男がいた。

男が言った。「僕も三田《みた》商事の社員です。叶《かのう》耕史《こうじ》と言います。何度か本社で川端部長をお見かけしたことがあります」

「そう？　こっちは君のことを知らないが、なんせうちの社は社員数が多いからね」

「はい。あの、米山ダンススタジオでも、川端部長とご一緒させて貰ってるんです、僕」

「えっ？」

「レッスン中に、前にどこかでお会いしたことがあるような気がしていたんですが、はっきりしなくて。さっきここの人がフルネームで呼んでいたのを聞いて、同じ会社の先輩だとわかりました。部長もこのデンタルクリニックを利用してるんですね」

「どこの部署だ？」川端は尋ねる。

「情報ビジネス部です」

川端はしげしげと叶を見つめた。

黒く太いフレームの眼鏡をかけた叶は、ひょろりとした体格で、運動やダンスとは縁遠いタイプに見えた。パソコンの中の二次元の少女としか、交際したことがなさそうでもあった。

社交ダンス教室にこんな男がいただろうか。生徒は二十人ちょっとだが、その中に叶がいたかどうかはっきりしない。

川端はぐっと叶に顔を近付ける。「誰にも言うなよ」

しっかりと頷いた。「はい。社交ダンスを習っていることを、僕も会社の人たちには一切話してませんから、大丈夫です」

「それは勿論だが、そっちだけじゃなくてだよ。生徒たちの方にも、会社のことはなにも話すなってことだ」

目を見開いた。「部長と僕が同じ会社で働いていることを、他の生徒たちに話さないってことですか？」

「そうじゃなくてさ」川端は説明する。「会社の中のいろんなことを話す必要はないだろって、そういうことよ」

「あの、でも、部長は生徒さんたちに、社名を出されてはいませんでしたが、会社や仕事の話はされてましたよね。そういうことは話してもいいんですか？」

「………」

「どういうことを話してはいけなくて、どういうことなら話してもいいのかが僕にはわからないので、教えていただきたいんですが」

なんだこいつは。真顔でそんなこと聞いてくんなよ。参ったなぁ。まさか生徒の中に同じ会社の人間がいるとは思ってなかったから、散々吹いてしまった。癖になってんだよな、そういうの。言わなきゃ良かった……こんな風に思うの、初めてだ。本当は出世競争に敗れた人だとこいつの口から漏れたりしたら……もう俺はダンス教室に通えない。女はいないが、その分気取ったりする必要がなくて、昔の部活のようでそこそこ気に入っていたが、他の生徒たちから負け犬だと思われるぐらいならやめる。こいつも会社の人間に社交ダンスを習っているのを隠しているようだから、そっちの方の心配がいらないのは良かった。もしこいつが社交ダンスを習うことに、一抹《いちまつ》の恥ずかしさも感じないような男だったら、とんでもない事態になっていた。もう会社員としては終わったから、仕事以外に夢中になれるものを見つけようとしたんだと邪推されたりするのは、とてもじゃないが我慢できない。

「とにかくだ」川端は声を上げる。「なにも喋るな。線引きができないなら会社のことは一切喋るな。いいな？」

「……はい」

「きっちり分けようや。会社は会社。社交ダンスは社交ダンス。どっちかでもう一方の話をするのはご法度《はっと》。そう決めよう。守れるな？」叶の肩に手を置いた。

「わかりました」

叶が神妙に頷いた。

川端は自分の靴紐が解《ほど》けているのに気が付いた。締め直してから顔を上げた。

鏡の前には米山が一人立ち、床に座る生徒たちを見下ろしている。

米山が口を開いた。「十種類の基本ステップのレッスンが終わりました。一応ですが。今週からは発表会に向けたレッスンをします。三月二十日に大規模なダンスパーティーがあります。そこで皆さんにダンスを披露して貰います。ここでのレッスンが終わりますから、卒業発表といったものですね」

少しざわついた。

そんな中、大塚が手を挙げる。

「なんでしょう」と米山。

大塚が「人様に披露できるような段階じゃねぇんですが」と言った。

「そうですね」と米山が頷いた。「一人ひとりダンスを披露しろというのでは酷ですね。ですから、ここにいる十六人の集団で踊ります。一人ひとりには視線が集まりませんから、拷問を受けているような感覚にはならないでしょう。これまで基本のステップを勉強してきましたが、一旦それは横におきます。卒業発表のダンスではステップの正確性は二の次にして、物語性を前面に出した振りにします。ま、ダンスを披露すると考えず、宴会の余興の練習をするとでも考えて気楽に臨んでください」

川端は会社のかくし芸大会のことを思い出した。年に一度開かれるかくし芸大会が、かなり本気だと知ったのは入社一年目の秋頃だった。参加者募集のチラシを見かけたり、予選会という単語を耳にしたりはしていたが、ただの宴会のようなものだと認識していた。そのかくし芸大会がホテルの大宴会場で開かれると知った時も、社員数が多いからだろうぐらいに考えていた。

当日同じ部署の先輩に連れられて、いざその場に行ってみて驚いた。会長、社長をはじめ全取締役が勢揃いしていた。予選を通過した社員は、役員と社員たちの前で、それぞれの芸を十分の持ち時間内で披露した。それは歌だったり、トランペット演奏だったり、手品やリフティングなど様々だった。それに会長や社長、取締役たちが点数を付けて、その合計点を競うのだ。それは物凄い盛り上がりだった。それから数日後のことだった。エレベーターの中で社長たちと一緒になった。秘書が同乗の若い男を指して言った。「社長、彼が今年の大会でバク転をした鈴木《すずき》君です」と。すると社長は笑顔になって「バク転をしたのは君か。あれは見事だった」と褒めた。その瞬間、自分も大会に出なくてはと決意した。

どんなパフォーマンスをしたらいいのか、なにが受けるのか、必死で考えた。考えて、考えて、考えて決めた。それを引っ提《さ》げて予選会に臨んだ。本選に出場できるのは十五人だが、応募者は五百人を超えた。川端はその厳しい競争に勝ち本選出場を決めた。本番前に会場内を歩き回り様々な人に声を掛けた。思い付く言葉をその場でカードに書いて貰い、それを箱に入れた。そうした準備を済ませておき本番に挑んだ。

箱の中から一枚ずつカードを抜き出し皆に見せてから、裏返してホワイトボードに貼っていく。五十枚になったところで、最初のカードから、そこに書かれた言葉を川端が当てていくというパフォーマンスだった。暗記力を見せるのが狙いだ。三十枚までは順調にいった。ところが三十枚を超したあたりから、思い出すまでに時間が掛かるようになってしまった。緊張していたせいかもしれない。練習では五十枚は余裕でいけていたのだから。顔がやけに熱くなって嫌な汗も出てくるようになった。マズいと思った。こんなところで失敗してる場合じゃないと自分を励ました。言葉は一旦映像化して脳に溜めていた。その映像がどんどん薄くぼんやりしたものになっていく。川端は焦った。その時だった。「頑張れ」と声が掛かった。誰かが声援を送ってくれたのだ。そのうち「イケる」「落ち着け」といった声も掛かるようになった。皆が自分に注目している。そう思った瞬間、川端は痺れるような快感を得た。途端に頭の中にあった映像にピントが合い、くっきりと見えるようになった。そして次々にカードに書かれた言葉を当てていった。最後の五十枚目を表に返した時には万雷の拍手を貫った。見事川端は優勝を勝ち取った。

それからしばらくは『暗記の川端君』と呼ばれ、接点のない人からも声を掛けられるようになった。本来の仕事だけでなく、それ以外のことにも全力で挑み、常に自分をアピールしなくてはいけないのだと、川端が確信した一件だった。そういえば、会場で川端と同じように箱を持ち、カード集めの手伝いをしてくれた助っ人の中に、伊波がいたとの記憶が蘇った瞬間、苦い気持ちになった。

米山が両手で床を指し、それを十センチほどゆっくり上げた。「立ってください」

生徒たちが立ち上がる。

米山が中央に進み、自身の腰に手を当て考えるような表情をした。それから首を左右に動かして生徒たちを見回す。

そして口を開いた。「大塚さん、来てください。ここに胡坐《あぐら》で座ってください。正面を向くのではなく身体を少し右に向けて、視線は床に。そうです、そんな感じ。田中さんはここに立ってください。後ろ向きです。叶さんはここに立ちましょう。顔はそっちに向けてください——」

川端はわくわくし出す。人前でダンスを披露できるなんて楽しそうだ。それに卒業の日が近いってのも嬉しい。顔がニヤけちゃうね、どうも。あとちょっとの我慢だ。ここを卒業すれば普通の教室へ行ける。そこじゃ女たちが俺を取り合う。いいよなぁ、それ。こんなにおいしい世界をよくぞ見つけたと、俺は自分を偉いと褒めちゃうね。さすが、俺。浮気したい訳じゃない。ただもしチャンスがあったら、それを無駄にするのは勿体ない。それぐらいの楽しみがあったって罰《ばち》は当たらんだろう。一生懸命働いてきたが会社では報《むく》われなかった。せめて他のことで人生を楽しみたい。そうじゃなけりゃ俺の人生はあまりに味気ない。人生が輝く日までもう少し。待ち遠しくて堪らない。

「川端さん」と米山が言う。「身体はこっちに向けて、こんな風に片膝を立ててください。顔はしっかりとうな垂れて」

「しっかりとうな垂れる？」川端は聞き返した。

「そうです。がっくりと。もっと顎を引いて首の角度を急にするように。いいですね、それぐらいしっかりと疲れを表現しましょう」

「俺が表現するのは疲れですか？」

「そうです。冒頭のこの場面は全員で疲れを表現します」と米山は答えると「石原《いしはら》さんはこっちへ」と右端へ歩いていく。

　そのきびきびとした姿を川端は目で追った。

米山の腹はぺったんこで背中は真っ直ぐだ。

ああいうのがモテるのだろうかと川端は思う。

そしてぽっこりと膨れた自分の腹へ目を落とした。

週に一度キツい練習をしているのに、川端の体重に変化はまったくない。

ダイエットしようと川端は決意した。

7

生徒たちがそれぞれの位置に着いた。

米山が指示した通り、全員がくたびれたスーツを着ている。

米山は音響スタッフに向けて手を上げた。

すぐに音楽が流れて来た。

生徒たちの卒業発表のダンスは静かにスタートした。胡坐を掻いていた生徒がゆっくりと立ち上がる。後ろ向きに立っていた生徒は、ゆっくり首を回してから静かに歩き出す。そうして生徒たちは二列に並んだ。全員で右足を一歩、左足を一歩と歩く振りを続けて、八歩目で並んでいた者同士が身体を四十五度捻り向かい合う。同時に右手を上げて電車の吊り革を摑む仕草をした。
曲が変わりテンポが速くなるのに合わせて、男たちは上半身を左右に動かす。それから向かい合っていた身体を戻して再び二列になり、足を一歩ずつ高く上げて歩きながら、それぞれが決められた場所まで移動する。

そして曲が二倍速になったタイミングで、各自が決められた動きを開始した。名刺を差し出す仕草をして何度も頭を下げる生徒。受話器を耳に当てる仕草をする生徒も、何度も頭を下げて電話の相手に謝っている様を演じる。土下座をして全身で謝罪を表す生徒もいるし、無表情で指だけを動かして、キーボードを叩く真似をする生徒もいる。また手を広げて荷物を持つように見せ、それを右から左へ運ぶのを繰り返す生徒もいた。そこにキーンコーンカーンコーンと終業のチャイムが鳴る。生徒たちはそれまでの振りを止めて、全員がゆっくり後ろ向きになった。くたびれたスーツを着た生徒たちは皆俯《うつむ》いている。そこに激しいビートの音楽が流れて来る。右端の二人が顔を上げた。そしてステップを踏み始める。次に左端の二人、中央の三人が同じようにステップを踏んでいく。次々に踊りに参加する生徒が増えていき、最後の二人がステップを踏み始めてから八拍目で、全員が回れ右をした。

米山は上半身を大きく後ろに捻り、照明スタッフに向けて手を上げた。

その瞬間、フロアを照らしていた灯りが一段階明るくなった。

全員で右手をゆっくり右へ広げる。その手をゆっくり脇に戻してから右足を右に一歩出す。その右足に左足を付けて、今度は左手を左へゆっくり広げた。その手を脇に戻し左足を一歩前へ。

顔を上げて踊れと言ったんだが。

米山は舌打ちしそうになるのを堪える。

ステップを踏む時、生徒たちは自分のつま先へ顔を向けてしまう。リハーサルで米山は口を酸っぱくして顔を下に向けるなと注意した。見たところでステップが上手になる訳じゃないのだから、見るなと。だがその悪い癖は治らず、結局本番に至っても、自分のつま先を見ながら踊っている。

音楽がどんどん激しいものになる。テンポも上がり、生徒たちは音楽についていける者と、遅れる者に分かれた。同じステップを踏んでいるようには見えない悲惨な状態だが、客たちからは手拍子が起こる。トランペットが高く鳴り、曲のクライマックスを迎える。それに合わせて生徒たちが一つ目の決めポーズをした。二度目のトランペットの音に合わせて左手を腰にあて、右手で自分の顔を隠すポーズを取る。三度目のトランペットで両手を真っ直ぐ上げて、最後の決めポーズをした。すると客たちが大きな拍手をした。

音楽が変わり静かな短調の曲が流れる。生徒たちはゆっくり回れ右をして客たちに背を向けた。照明がどんどん落ちていき薄暗くなる。後列の生徒が一人ゆっくりと歩き出した。フロアの左端にある、出入り口前の衝立《ついたて》の方へ向かう。次に中央付近の生徒が右端の衝立を目指して歩き始める。米山が背中に労働者の悲哀を載せて、とぼとぼと退場して欲しいと注文した場面だった。この場面だけは最初っから生徒たちは完璧に演じた。次々に生徒たちがはけていき、最後の一人が右端の衝立に姿を消すと、照明がすべて消えて真っ暗になる。同時に音楽も止まった。

少しの間の後で女性司会者が告げた。「米山ダンススクールの、ビギナーズメンの皆様のダンスでした」

会場に割れんばかりの拍手が溢れた。

照明が戻されてフロアが明るくなった。

司会者が、次にダンスを披露するインストラクターの名前をコールする。

「凄いじゃないですか」と声がして米山は顔を右に向けた。

赤江が笑顔で立っていた。

そして興奮したかのような早口で言った。「感動しました。素晴らしいダンスでしたよ。毎日の大変な生活と、ダンスをする喜びと、ダンスが終わればまた大変な生活に戻って行くって、そういうのでしたよね、今の。素晴らしかったです。まったくの初心者たちを、よくあそこまで短期間で仕上げましたね。さすがです」

「今のちゃんと見た？　どこら辺を見て素晴らしいと言ってるのか、僕には全然わからないよ」

「またまたぁ。本気で言ってるんですか？　ちゃんと見ましたよ。最初から最後まで見て素晴らしいと思いましたよ、私は」

「生徒たちは結局ステップを、一つもまともにマスターできなかった。十三週で十種類のステップを初心者に教えるという企画は、もう止めた方がいいね。次もと考えて誰かに依頼する気なら、僕は止めた方がいいと忠告する。スケジュールがタイト過ぎる。ちゃんと覚えないうちに、次のステップを習う訳だから大変だよ。生徒が十代ならそんな無茶な教え方でもなんとかなるかもしれないが、五十代、六十代じゃ無理だよ。若い人よりも時間を掛けてゆっくり覚えて貰った方がいいだろうね。今のダンスは苦肉の策だ。あまりに基本のステップができていないから、揃えるのは諦《あきら》めて、同じ振りをなるべくさせないような群舞にした。それでも目を覆いたくなるような出来だったが、しょうがないだろう。この程度のダンスにも拍手をするんだから、お客さんは皆いい人なんだろうね」

「確かに上手《じょうず》ではありませんでしたが、味がありましたよ。彼らにしか出来ないダンスでした。くたびれて疲れている背中。若い人には出せませんもの。皆さん、そういうのを感じたから拍手をしたんだと思いますけど」

米山は赤江から目を離しフロアで踊る男女を眺めた。

そのルンバを踊る二人を見つめながら米山は尋ねる。「赤江さんから預かった生徒、さっきのダンスにいた？」

「いました。川端さんです」

「それじゃ、赤江さんには戻せるんだね。結構途中でやめた人、多かったからさ。さっきも預けた生徒はどうなったんですかと、他のインストラクターから聞かれて、今日の出演者リストに名前が載っていなかったら、途中でレッスンに来なくなってやめたんだろうと答えたら、ちゃんとメールや電話で引き留めたんでしょうねと詰め寄られちゃってさ。びっくりしたよ。そんなに大切な生徒なら自分で教えりゃいいだろ？そもそもダンスは誰かに頼まれて踊るものじゃない。踊りたくて踊るんだ。ま、どうでもいいがね」

米山が赤江に目を戻すと、困ったような表情を浮かべていた。

米山は赤江と別れ生徒たちがいる控え室に向かう。

ドアには『控え室A』と書かれた紙が貼られていた。ドア越しに人の声が漏れ聞こえてくる。

米山はドアを開けた。

百平米ほどの大部屋には五十人以上がいて、混雑していた。左端には畳が敷かれた場所があり、そこにもたくさんの人がいる。

「米山先生」と声が掛かった。

顔を向けると、川端が右手を出して近付いて来るのが見えた。

仕方がないので米山は川端と握手をした。

生徒たちが次々に椅子から立ち上がり、あっという間に米山は生徒たちに囲まれた。

川端が興奮気味な口調で言った。「先生、俺たちやりましたよ。たくさん拍手貰って凄く嬉しいです。お客さんたち、盛り上がってましたよね、俺たちのダンスで。アドレナリン出まくりです。こりゃ病みつきになりそうだって、皆で話してたんですよ。ですよね？」

隣の田中が頷く。「いくつも失敗をしてしまったので反省する点も多いのですが、とにかく踊り切ったというのが嬉しくてですね、最高の気分です。先生、どうも有り難うございました。いい生徒ではなかったかと思いますが、先生のお蔭でこんないい気持ちにさせていただきました」

そして「俺ら、面倒な生徒でしたよね？」と大塚が確認してきた。

呆気に取られて米山は言葉を失くす。なんだこいつらは。あんな酷《ひど》いダンスを披露して、恥ずかしくって身を隠したいというんじゃないのか？　もしかして満足して興奮している？　悪い冗談は止めてくれ。頼むから、達成感を味わっているような顔なんぞしないでくれ。社交ダンスはお遊戯とは違う。真剣勝負だ。技術と表現力のどちらも求められる。優雅に楽しんでいるように見えても、実際はスポーツに近い。拍手か？　拍手を貰って勘違いしたのか？　なんて様《ざま》だ。五歳の子が踊りを披露した時に貰える拍手と一緒だと、何故わからない。ここまで鈍感だと憐《あわ》れだな。いや、事実を自分に都合よく曲げられるのは、一種の才能かもしれない。傷付かなくて済むからな。ま、どれだけこいつらが勘違いしようが、二度と会わないから関係ないか。

米山は大塚の質問にはなにも答えなかったが、誰もそれを気に留める様子はなく、全員で写真を撮ることになった。撮影が終わると全員と握手をさせられた。打ち上げへの参加を断り、米山がようやく控え室を出られたのは午後三時だった。

急行電車はガラガラで、ドア横の席に座りぼんやり車窓からの景色を眺める。今にも雨が降ってきそうなほど薄暗い。遠くに見える雲はやけに低い位置に浮かんでいた。

競技者としての最後の大会も、こんな雨の気配を身近に感じる日だったと米山は思い出す。それは二年前のことだった。すでにその数年前から肉体の限界を感じていたが、認めたくなくて結論を出すのを先延ばしにしていた。しかし競技会の結果は、その事実をはっきりと示していたのだ。若手の台頭もあり、以前のような結果をもう一度上げられるとは思えなくなった。

ようやく決心して、三月の大会を最後に引退しようと思うと悦子に相談した。悦子は賛成してくれた。そしていつも以上に練習に励んだ。悦子の調子はなかなか上がらなかった。それで殊更厳しい言葉を悦子に投げた。最後なんだからもっと真剣にやれと怒ったのも、一度や二度ではなかった。

　しかし本番の日、悦子は素晴らしいダンスをした。体重も重力さえも感じさせないような、軽やかなステップを踏んだ。三位に入った。久しぶりの入賞で、優勝できなかった残念さよりも、最後になんとか誇りを保てたと、安堵する気持ちの方が強かった。表彰式で司会者から三位のペアとして名前をコールされた。フロアに出て行こうと悦子の手を取った時だった。その手が異常に熱くて驚いた。戸惑う米山に悦子は笑顔で「さ、行こう」と言った。それで米山は悦子の熱い手を握ったまま小走りで中央に向かった。その時、びっくりして米山は振り返った。まるで悦子はそこにいないかのごとく、その存在が手に伝わってこなかったのだ。ダンスをしていた時よりも一段と軽くなっていた。中央で足を止め二人でお辞儀をした。やはり手に悦子の体重が掛かってこない。ゆっくりと上半身を戻した時、悦子の身体が少しぐらついた。米山はしっかりと悦子の手を握った。米山たちがトロフィーと賞状を貰うと、次に二位の選手の名前がコールされた。米山は小声で「具合が悪いのか？」と悦子に尋ねた。悦子はいつものように静かに微笑《ほほえ》んで小さく頷いた。そして「あとちょっとだから頑張る」と言って、米山の手首を摑んできた。その手は更に熱くなっていた。
あの時——摑まれた手首の感覚を今でもはっきりと覚えている。そして思い出す度に胸が苦しくなる。どうして悦子の病気に気付かなかったのか。どうして、しんどい身体で無理をして練習をしていたのがわからなかったのか。悦子は競技者としての最後の大会を前に、決断をしていた。大会が終わるまでは米山に病名を告げないこと。そして治療開始は先延ばしにして、大会後にすることを。僕がちゃんと悦子に注意を向けていたら——何度そう考えたか。ダンスしか頭になかった米山は、一緒に踊るパートナーの体調を慮《おもんぱか》らず、もっと真剣にやれよなどと、酷い言葉を吐き続けてしまった。心の底から自分の身勝手さを憎む。

　Ｔ駅で降り改札を抜けた。

　雨が降り始めていて数人が駅構内に走り込んでくる。

　米山は雨宿りをしている人たちの間を縫うように進み、外へ出た。

　雨に濡れながら早足で歩き続け、五分ほどで自宅マンション前に到着した。

　郵便受けの中身を取り出しエレベーターに乗る。

　五〇二号室のドアを開けた途端、棒立ちになる。

　いつになったら慣れるのだろう。帰宅して部屋の暗さと、ひっそりとしたものを感じると、独りなんだと呆然とする。これまで何度玄関で立ち尽くしたか。これからもずっとこんな風に襲われるのであれば、早く慣れてしまいたい。

廊下の灯りを点けて進みリビングの仕切り扉を開けた。すぐに壁のスイッチに手を伸ばして、部屋を明るくする。ベランダの洗濯物に気が付いて窓に近付く。窓を開けてタオルに触れた。乾いていなかったので、そのままにして窓を閉じた。

２ＬＤＫの賃貸マンションは五十平米ある。十年前に住み始めた当時は向かいに小学校があり、時折チャイムや、子どもたちの声が五階にまで聞こえてきていたが、廃校になった今はそういったことがなくなり、とても静かだった。

ダイニングテーブルに着き、郵便物のチェックを始める。

悦子宛の白い封筒を裏返す。

宝塚歌劇団と書かれていた。中には公演のチラシが三枚入っていた。悦子はしばしば観劇に行くほど好きだった。

大学生の頃、誕生日を一ヵ月後に控えた悦子に、当日はどんなデートにしたいかと尋ねたことがあった。悦子は宝塚歌劇団の観劇がいいと言った。米山はその名前を知ってはいたが知識はなかった。取り敢《あ》えず公演チケットを二枚買って準備し、当日は駅で待ち合わせをした。ランチを食べた後で劇場に向かっていた時だった。人の流れができているのを見つけた。なんと、その流れにいるのは女ばかりだった。どれだけきょろきょろしても、男の姿は自分以外になかった。そしてその人の流れの行き先が宝塚劇場の入り口だとわかり、悦子に確認した。僕が見てもいいものなのかと。悦子は笑って頷いた。今日のは二部構成になっていて、一部はお芝居で、二部はショーだと悦子は言った。ショーの方は社交ダンスの勉強になると思うと明言した。ダンスパーティーなどで女がたくさんいる世界に慣れているつもりだったが、劇場の中はそういったものとは様子が違っていて、どうにも落ち着かなかった。

観劇を終えて外を歩き始めた時、悦子から感想を聞かれた。米山は一部はコメディーだったのに、誰も笑わないんだなと言った。すると悦子は目を丸くした。一部は悲恋モノで笑ってしまうようなシーンはなかったし、登場人物に同情して泣いているお客さんだっていたわと悦子は語った。米山は腰を抜かさんばかりに驚き、てっきりなにかのパロディを演じ続けてるんだと思ってたよと呟《つぶや》いた。その瞬間、悦子が笑い出した。悦子は足を止めて笑い転げた。そのうち息が苦しいと言い出し涙まで流しながら笑い続けた。つられて米山も笑い始めた。大笑いする二人を、通行人たちが避けるように通り過ぎて行く。それがまたおかしくて笑ってしまう。そうやって長い間二人で笑い合った――。なんてことはない思い出が、胸に刻んでおきたい特別の記憶になった。

米山は湯を沸かしインスタントコーヒーを用意した。

マグカップを持ってソファに移動する。枕と掛け布団を隅に寄せて一人分の場所を確保して、そこに腰掛けた。コーヒーに口を付けてからテーブルの本に手を伸ばす。先週のレッスン後に田中から突然「奥さんがやっておられたと思われるブログを見つけたのですが、ご存知ですか？」と問われた。知らないと答えるとアドレスが書かれた紙をくれた。「奥さんは読書が趣味でしたか？」と聞かれたので頷くと、「それが奥さんの読書日記だったなら、そこで紹介されている本を読んでみたらどうですか」と意見を口にした。更に「その時にはブログの最新日記から遡《さかのぼ》っていくのではなく、一番古い方から順に読んでいくのがいいと思います。ブログには書名が付いてますから、まずはその本を読んでみて、それからその感想が書いてあるページを読むということにしたらどうでしょう。時差のある読書会みたいなもんです」と言った。

　余計なことを言う男だと思った。

　そのブログは悦子のものだった。そして今手にしているのは、悦子のブログで一番古い日付けのところに書かれたタイトルの本だった。

　なにやってんだか。田中の言う通りにしている自分に呆れる。悦子が読んだ本を、彼女と同じ順で読んだところで、どうだというのか。すでに充分に哀しいのに、更に哀しくなるだけかもしれないってのに。だが……悦子ともう一緒になにかを感じることはできないが、追体験ならできる。そこに惹《ひ》かれる。悲恋モノをコメディーだと思う自分だから、悦子の感想とはまったく違うかもしれない。その違いを味わいたい。

自分とは違っている点を再確認できたら、悦子の輪郭がくっきりするような気がする。悦子をしっかりと感じたい。

米山は本を開いて昨日の続きから読み始めた。

8

「申し訳ない」大塚は頭を下げた。

女は小さく微笑んで「大丈夫ですよ」と答えた。

「始めたばっかりで」大塚は説明する。「できるステップは限られてると言いましたが、それさえもまともにできなくて申し訳ない」

「最初っからできる人なんていませんよ。それに習いたての割にはお上手ですわ。きっと筋がよろしいんでしょう。さぁ、レッツダンスですわ」

女に促されて大塚はその手を握った。

大塚は川端に誘われて、ダンスパーティーなるものに初めて参加している。一ヵ月前に米山ダンススタジオでのレッスンが終了し、そこで一緒だった生徒たちとは別れ別れになった。大塚は元々通うつもりでいたダンススタジオのレッスンに、参加するようになった。他の生徒たちも同様に、それぞれが当初習うつもりでいたダンススタジオへ行っている。ただ律儀《りちぎ》な田中をはじめ、生徒たちからはなんだかんだと連絡があり、情報交換などをしたりして付き合いが続いていた。

女が言った。「一、二の三で行きますよ」

「はい」

「一、二の三」

大塚は右足を一歩前に出す。右足を軸に少し右に回転しながら左足を横に出す。その左足に右足を付けて閉じた時、背中に衝撃を感じた。

すぐに背後から男の「すみません」と謝罪する声が聞こえてくる。

大塚は女の手を離し、その男に向かって「こっちこそ申し訳ない」と言った。

大塚の工場ほどの広さの会場では、十組ほどの男女が踊っている。空いている場所もあるのだが、人が密集している場所もあった。そして踊るペアを見つめる大勢の女たちが、壁伝いにずらっと並んでいた。

川端が言っていた通り参加者の多くは女で、男は十人ぐらいしかいない。だから一曲終わる度にわっと女たちが寄って来て、次は自分と踊ってくれとアピールをしてきた。女たちは大塚ほど下手であっても構わないようだった。

大塚は改めて左手を伸ばして上げ女の手を握る。右手を曲げて女の背中に回し、肘《ひじ》の位置を高めにキープする。

そしてナチュラルスピンターンを始めた。

二回繰り返した後で、次のステップに入ろうと左足を出した。だがその時、女の足を踏んでしまう。

女が「きゃっ」と悲鳴を上げた。

「申し訳ない」大塚は女の手を離して頭を下げた。「下手くそで本当に申し訳ない。大丈夫ですか？」

女は「まぁ、なんとか」と言って口角《こうかく》を上げたが、目にはしっかりと非難する色が浮かんでいた。

その瞬間、すっと音楽が消えた。曲が終わったのだ。

大塚は深々と頭を下げて「申し訳ない」と重ねて謝った。

たちまち女たちが近寄って来た。

そしてあっという間に女たちに取り囲まれる。

ふと顔を上げると、川端が同じように女たちに囲まれているのが見えた。その川端は満面の笑みを浮かべていて、実に楽しそうだ。

どうしてだ？ なぜあんたは楽しめる？ 女たちが集まって来てはいるが、それは男と踊りたいからで、あんたが求められてる訳じゃないんだぞ。白けないか、それ。

俺はまったく楽しめねぇよ。下手過ぎてまともに踊れねぇから、パートナーに迷惑を掛けてしまう。それが心苦しいしな。組んで踊っているとどんどん辛くなってくる。一人で踊るのは好きだ。身体を動かすのは単純に気持ちいい。どうしてこんな窮屈な姿勢を維持したまま、クルクル回らなきゃいけねぇんだと思うこともあるっちゃあるが、ジャンプしたり、足を高く上げたりしなくていいってのは気に入っている。下手なうちは一人で気楽に踊りたい。パートナーがいなければ謝らなくて済むからな。女と踊るのはもっと上達してからにしたい。

大塚は周囲の女たちに言う。「トイレ休憩させて貰いますんで、ちょっくら失礼します」

そうしてなんとか隙間を見つけて、女たちの輪から抜け出した。

男性専用の控え室のドアを開けた。テーブルに並んでいる緑茶のペットボトルと、栄養補助ゼリーを掴み椅子に腰掛ける。

テーブルに置かれた飲み物や食べ物は、主催者からの差し入れだそうで、好きに飲食していいとの説明を受けていた。

大塚は緑茶をごくごくと飲んだ。それからふうっと息を吐く。そして鞄からタオルを取り出して顔と首の汗を拭った。ドアが開く音がして大塚は振り返った。

燕尾服《えんびふく》姿の主催者だった。

主催者が笑みを浮かべながら入って来た。「お疲れ様です。休憩ですか？」

「はい」

「このテーブルに並んでるの、自由に取ってくださいね」

「いただいてます」ペットボトルと栄養補助ゼリーを少し持ち上げて見せる。

一つ頷くと、主催者はスポーツドリンクのペットボトルを摑んだ。

そして大塚から少し離れた椅子に座り「ダンスパーティーを楽しんでますか？」と聞いてきた。

「習い始めてからまだ日が浅くて下手くそなんです。踊れるステップも少ないですしね。だから女の人たちに迷惑を掛けることになってまして、なんとも心苦しくて。正直楽しむといった状況じゃねぇんです」

「いいですね、その初々しさ。そういうの、女性にウケるんですよ」

「…………」

「下手だとか、そういうの気にする必要はありませんよ。ここは競技会場ではありませんからね。一緒に楽しく踊りたいと思ってる人が集まってるパーティーなんですから、上手い人もいるし、そうじゃない人もいるっていうのが当たり前なんです。ですから細かいことは気にせず、ダンスを楽しみましょうよ。それに」胸の前で親指と人差し指で丸を作った。「謝礼金が入る訳ですから、その分は頑張って踊ってください」

今日のパーティーに、女たちは二千円の入場料を払って来ていると川端から聞いていた。一方の男たちは入場料が無料な上に、終了後には一万円の謝礼金が貰えるとも言われていた。

俺が謝礼金なんぞを貰っていいのだろうか。その謝礼金は女たちが支払った金から出ているのだろうに。まともに踊れない上に、女の足を踏むような自分が金を貰っていいものか……。

謝礼金は辞退すると言い掛けたが、主催者に励まされてしまい口を閉じた。そして気が付けば、尻を叩かれるように控え室を追い出されていた。

会場の出入り口からそっと中を覗いた。

着飾った女たちが蠢《うごめ》いている。皆ぴらぴらしたドレスを着ていて厚化粧だ。あのぴらぴらしたドレスはレンタルなのだろうか。

大塚が今着ているタキシードを借りた店には、あんなドレスが並ぶ専用のフロアがあった。タキシードと比べるととても高いレンタル料だった。

曲がゆっくりしたワルツに変わった。

あそこにいる女たちは高い金を払って衣装を用意し、しっかり化粧をして、入場料を支払ってここに来ている。そこまでしてやって来たっていうのに、組んだ男が下手くそでも怒らず、大丈夫だとか筋がいいとお世辞を言う。勿論本心じゃない。

若い頃飲み会に参加したことがあった。隣席の女が大塚の出来の良くない冗談に手を叩いて笑った。大塚の話に身を入れて聞いてくれて、絶妙なタイミングで相槌《あいづち》を打った。その女はまぁまぁの美人だったので、大塚は舞い上がった。二次会の席で電話番号を交換した。

翌日、女の方から電話があった。週末に会う約束をしたので、上映中の映画を調べたりしていそいそと準備をした。デートの前日に電話をすると、料理を作るのが好きなので振る舞いたいから、一人暮らしの自宅に来てと女は言った。大塚は受話器を落としそうになるほど驚いた。電話を切った後、降って湧いた幸運をどう受け止めたらいいかわからず、自室をぐるぐると何周も歩いた。

翌日、花を買って女の家に行った。ワンルームの狭い部屋だったが綺麗に片付いていた。部屋の奥にあるベッドに目を向けないよう必死に努力した。女の手料理がテーブルに並び食事が始まった。女から味を聞かれた。どれも旨いと大塚は言った。本当に旨かった。女を褒め労《ねぎら》った。女は作った甲斐があったと喜んだ。「でも本当はね」と女が切り出した。作るのはとても簡単だったのだと言った。それは鍋が他のとは違うからだと話し、その素晴らしさを語り出した。やがて女の話は、鍋セットの本当の価格は七万円だが、自分から買ってくれれば会員割引価格にできるので、五万円になってお得だといったものになっていった。そこでようやく大塚は女の目的を理解した。

ショックだった。女が鍋を売るために、自分に気があると思わせる演技をしていたとわかり、背中がぞくっとした。女の演技は完璧だった。本心を見事に隠《かく》しおおせていた。つくづく女は怖いと思った。そしてがっかりしたし、数日間のドキドキとワクワクを思い出し哀しくなった。大塚は一刻も早くその場を逃げ出したくて金を払った。女は大塚が誰かに鍋を勧めて、その人が欲しいと言ったら、自分に連絡をくれと言った。そうすれば大塚にも紹介料が入ると続け、その仕組みについての説明を始めたが聞き流した。

鍋一式の入った段ボール箱を抱えて自宅に戻った。めかしこんで出かけた息子が、鍋を大量に抱えて戻って来たのを見た母親は驚いた顔をした。お袋にあげるよと言うと更に目を丸くした。

これ以降、女はわかり易いのが一番と思うようになった。腹じゃなにを考えてるのかわからないなんていうのは御免蒙《こうむ》る。楽しい時は楽しそうにして、怒っている時には怒ってるのがいい。気に入らない時にはぷうっと頰を膨らませるような、そんな女を女房にした。

川端を見つけた。

赤い服を着た女と踊っている。

突然二人は動きを止めた。

そして女がぐっと背中を反らし始める。だがすぐに女はふらついてしまう。

この決めポーズの時には、女が後ろに倒れないよう男がしっかり支える必要があるのだが、川端の力が不十分だったのだろう。

それでも女は笑顔を川端に向ける。

そして川端の方も楽しそうな表情で女に話し掛けた。

カウントを取るように二人一緒に首を上下に動かしてから、再び踊り始める。

その時だった。

大塚に向けて手招きをする女たちに気が付いた。

身を潜めて覗いていたつもりだったが、見つかってしまった。

大塚は恐る恐る一歩を踏み出した。

岡《おか》田《だ》豊典《とよのり》が顔を顰《しか》めた。「呆れて言葉も出ませんでしたよ」

大塚は頭を下げる。「申し訳ありませんでした」

「どういう教育をされてるんですか、そちらは」

「申し訳ありません」

「謝れば済むという問題じゃないんですよ。こっちは客なんですからね。わかってます？　お客様からの要望には精一杯応えようとしなくちゃ。そうでしょ？　普通の社員の発言だとしたって充分問題ですが、社長の息子さんの発言なんですからね、大問題ですよ、これは。なんですか、あの態度は。そんな金額じゃうちはできません。他をあたってくださいって。うちだってね、利益なんて出ませんよ。だけどやるんですよ。うちは下請けですからね。取引先からこれでと言われたら、承知しましたと言ってやるんです。お宅は孫請けなんですから、うちからこれでと言われたら、承知しましたと言わなきゃ。これまでだって、そうやってやって来たでしょ」

大塚はまた頭を下げた。

謝罪に訪れた取引先の応接場所は事務所の隅にあって、背の低い布製のパーテーションで仕切っているだけだったので、すべての会話が事務員全員に聞こえていると思われた。大塚は、岡田の気が済むまで謝り続けると決めていた。

岡田が言う。「そちらがやりたくないってことなら、うちとしては他に仕事を頼むだけです。やりたいところはいくらだってありますからね」

「今回のことは申し訳ないと思っております。本人も深く反省しております。まだ仕事がどういうものかわかっていない癖に、生意気なことを言いまして、本当に申し訳ありませんでした」

ぷいっと顔を横に向ける。「お宅じゃやらないってことでしたんで、他所《よそ》にお願いしましたから」

「申し訳ありませんでした」

「ペナルティとして、しばらくうちからの仕事はありませんから。覚悟しておいてください」

「今後はこういうことがないようきつく叱っておきます。また仕事をいただけた時には、しっかりとやらせていただきますので、その折にはよろしくお願い致します」大塚は頭を下げた。

「うちからの仕事がなくなったら大変なんじゃないの？」

「はい、大変です。大変ですが、うちが失礼なことをしでかした訳ですから、もう一度チャンスをいただけた時に、頑張らせていただこうと思っております」と殊勝な顔で答えた。

　実のところは、それほどでもなかった。今回岡田が提示してきた額では作業をしても赤字になる。だから仕事を断るという判断も、会社としては充分アリだった。だが秀樹の言い方はまずかった。秀樹には取引先と対等な値段交渉ができると思っているような甘さがあり、岡田を怒らせてしまった。振り上げた拳をどうやって下ろしたらいいのか、当の岡田が困っているような事態になっている。大塚の会社には加工技術の特許が複数あるため、岡田としても、うちと完全に決別することを望んではいないと思われた。

不憫《ふびん》だよな、俺もあんたも。あんただって取引先から無理な金額を言われたんだろ？　それを呑むしかねぇから、こっちにこれまでの工賃より低い金額を言ってきたんだよな。そんな額じゃこっちはトントンどころか、赤字になるとわかってたよな、あんたも。素人《しろうと》じゃねぇんだからさ。結局大企業だけが楽しそうに稼いで、下請けと孫請けは必死で働くだけなんだよな。世の中ってのはそういうもんだ。だから俺はあんたを嫌いになれねぇよ。ネチネチとクレームをつけられていてもな。

「ただいま」との声に反応して岡田が顔を動かした。

その視線の先には社長の中野泰《なかのやすし》がいた。

目が合ったので、大塚は少しだけ腰を上げて頭を下げた。

中野は片手を上げて応えながら、真っ直ぐ自分のデスクに向かって進む。

こっちに来て仲裁する気はねぇのか。大塚はがっかりする。中野とは三十年近い付き合いがあった。以前は大塚が納品した品のチェックをするなど、現場での接点が多かったが、最近は社長業に専念しているのか、関わりがめっきり減っていた。だが今日みたいな時にはここに来て、俺を助けてくれたっていいんじゃねぇか？　岡田だって社長から口添えされたら、矛《ほこ》を収めやすくなるだろうに。中野を仲間だと思ったことはない。だが敵でもない。お互い様、そう言い合ってなんとか不景気を乗り越えてきた仲だった。何回ロースカツ定食を一緒に食べただろう。ソースを掛けようとすると、そこは塩でしょうと必ず言う。いいだろ？　なにを掛けて食ったって。だが……何度も繰り返したその遣《や》り取りが嫌いじゃなかった。ここの会社と仕事をしているのではなく、俺は中野と仕事をしていると思ってやってきた。だが中野はそうは思っていなかったんだろう。

それから小一時間ほど経って、大塚はやっと解放された。社用車に乗り込み駐車場を出ると、すぐに赤信号につかまった。

窓を下ろし、そこに肘を掛ける。ふと右車線の車へ目を向けると、助手席の若い男が足をダッシュボードの上に乗せて、ふんぞり返っていた。

若い男の倍ほどの年齢に見える運転席の男は、それをよしとしているようで、その車内に不穏な空気はない。

信号が変わった。

大塚はブレーキペダルから足を離した。

アクセルペダルに足を置いた時、秀樹が中学生だった頃のことが大塚の頭に浮かんだ。特別活動だとかいう名前の授業で、クラスで劇をすると決まった。配役を決めるためのオーディションが行われた。そこで歌も芝居も上手かった生徒がいたらしいのだが、主役は別の生徒になった。その生徒の親はPTA会長だった。大人であれば、それが理由かで終わる話なのだが秀樹は違った。配役がおかしいと騒ぎ出した。その配役を決めた担任教師に文句を言い、他の生徒たちも巻き込み、仕舞いには校長に訴えた。どんどん大事《おおごと》になっていった。女房から初めてこの話を聞いた時、放っておきゃいいと大塚は言った。そうとしか言えなかったのだ。秀樹は間違ってはいない。だが世の中には正義が通らないことなんか、ごまんとある。それを中学生に理解させるのは難しいと思ったのだ。だから大塚は長い物には巻かれろとは諭《さと》さず、成り行きを見守るだけにした。

あの時、ちゃんと世の中が抱えている苦味について教えていれば、秀樹は今とは違う人間になったのだろうか……。自分は正しくても、相手が間違っていても、こっちが謝罪しなくてはいけない場面になんか、いくらだって出くわすんだぞと言っておいたら――取引先に謝りに行くことはなかったのか。

担任は役にぴったりだから決めたのだと言い繕《つくろ》った手前、紛糾《ふんきゅう》してもＰＴＡ会長の息子を主役から下ろせず、膠着《こうちゃく》状態が続いた。そのうちＰＴＡ会長の息子自身が主役を下りると言い出した。更にクラスの生徒たちから推《お》されていた歌と芝居が上手い子も、主役をやらないと表明したもんだから、話はどうにもまとまらなくなった。結局そのクラスだけ不参加となった。関係者たちが最後に手に入れたのは気まずさだけだった。秀樹は正義を振りかざし、大人たちを追い詰め過ぎたのだ。そのせいで目的を達成できないどころか、誰も守れなかったし、幸せにできず、敵を作っただけで終わった。

二十分後に工場横の空きスペースに車を停めた。

車から降りた時、工場から秀樹が出て来た。

秀樹は突っ立っているだけでなにも言わないので、大塚の方から声を掛ける。「謝って来たよ」

「…………」

「どうもありがとうございましたと俺に礼を言って、それでどうでしたかって聞くところじゃねぇのかよ？」

「どうだったの？」

「今回の仕事はよそへ回したってよ。しばらくうちは出入り禁止だと。当分の間仕事は回さねえってさ」

「そう」

「なにが、そうだよ」大塚は声を大きくした。「こうなったのは誰のせいだよ。どうすんだよ、売り上げが下がるんだぞ。従業員にちゃんと給料を払えんのか？」

「向こうが悪いんだよ。あんな金額で仕事をさせようとする向こうがさ。どうして赤字になるとわかっているのに、受けなきゃいけないんだよ。断ったっていいだろ。断る権利もないのかよ、うちは」

「お前の断り方に問題があるんだよ。取引先を、お前が悪いと追い詰めてどうしようってんだよ。お前は裁判官じゃねぇんだぞ。お代官様でもねぇんだからな。どっちが正しいとか、悪いとか、そんなことを持ち出すんじゃねぇ。向こうだって無理を承知で言ってきてるんだ。今抱えてる仕事がちょいと難しいことになっていまして、受けることができません。申し訳ありませんが今回は勘弁してくださいと、そう言って断ってりゃ、そうか、じゃ、また次は頼むよとなってたんだ。断り方がなってねぇってだけじゃなく、そもそも仕事を断るって判断は、最後の最後だってこともお前はわかっちゃいねぇんだ。仕事を断るって時にはな、それを潮にそことの縁が切れちまって、二度とそこから注文を貰えなくなる可能性があるってことをわかった上で、覚悟を決めてからするもんだ。お前にその覚悟があったか？」

「…………」

「今回はうちが泣いて、向こうに貸しを作って、次の時に儲けさせて貰うという手だってあったんだ。一回の取引だけで損得を考えちゃ、商売にはならねぇんだ。先を見通して、全体を見渡して、それから決断していくのが、会社を経営するってことなんだ。そういうことがわかっていねぇうちは、勝手に自分で判断するんじゃねぇ」

「だから下請けは嫌なんだ。うちはもっと下の孫請けだけどね。仕事をくれる相手の顔色を窺って、やりたくもない仕事をするなんて、おかしいじゃないか。発注する方も、受ける方も対等なんだから」

どうしてこうも言葉が通じないのだろう。

大塚は腕を組み秀樹を睨みつけた。

「孫請けから脱却するだの、従業員たちに触れ回ってるようだが」大塚は言った。「おかしなことを吹く暇があったら、今日納品する品の出来と仕上がり時間に目を配れ」

「全然おかしくないよ。ビジョンだよ。会社の未来を見据えれば、孫請けの仕事なんて限界だってわかるじゃないか。うちの職人たちは腕がいいんだから、大企業のために商品の一部分だけを作るなんて勿体ないよ。いいものを作って消費者に直販すればいいんだ。そうすれば自立できる」

「会社の未来を見据えて自立するための品ってぇのが、櫛《くし》なのか？　大きなことを言ってる癖に、やろうとしていることは随分と小せぇなぁ。櫛の試作品を作らされてる従業員たちは不安がってるよ。お前に見えてるらしい未来が、成功するとは思えないからな。いい笑いもんだ」

顎を上げた。「常識を破ろうとする人間は変人扱いされるんだ。アメリカに渡った日本の野球選手が、二刀流を目指すと言った時、どれだけ変人扱いされたか、知ってるの？　だけど彼は成し遂げたよ。これまでと違うことをしようって時には、周りからあれこれ言われるもんなんだ。仕方がないね」

「あの選手には才能があったんだよ。その上で努力もしたんだ。人の何百倍もの努力をな。お前はなんの実績も出してねぇが、父親が社長だからやりたいことができる立場にいさせて貰ってるってぇだけだ。天才野球選手と自分を同列にして語るなんざ、ちゃんちゃらおかしいってんだ。お前はそもそも信用されてねぇんだよ。従業員からも、取引先からもな。そのことをよくよく覚えておけ」

反抗的な顔をしたまま秀樹が身体を回した。工場に向かって歩き出す。

その背中に向かって大塚は言う。「大切な会社を潰したら、ただじゃおかねぇからな。わかってんのか？」

秀樹はなにも答えず工場の中へと姿を消した。

9

田中は鶏の唐揚げに箸を伸ばした。それから唐揚げをゆっくり咀嚼《そしゃく》しながら皆を見回す。

居酒屋の個室に揃った教習所仲間十六人が、胡坐を掻き楽しそうに飲み食いしている。

この飲み会を企画したのは田中だった。四月最後の金曜日、教習所仲間たちとはおよそ一ヵ月ぶりの再会となった。

長卓の田中から少し離れた場所にいた叶が、突然立ち上がった。そしてステップを踏み始める。

すると隣の石原和久《かずひさ》も立ち上がり、二人で踊り出した。

叶が自分の腿を叩いて「ここ。ここですよ。この時の体重移動が難しいんですよ」と言うと、「わかる」と周囲から声が上がった。

「――うちの会社がなくなったら日本中の人が困るわけよ」

田中は声が聞こえてきた左へ顔を向けた。

川端が喋っている。「このお絞りも、このナプキンも、コースターも、グラスも箸も、今ここにあるってことは、うちの会社が原料を作らせたからなのよ。原料がなけりゃ、どこのメーカーだってなにもできないからさ。うちが必要な原料を整えて、欲しいってところに売るから、その原料を使って工場で製品が生まれるんだからね。うちみたいな商社がなかったら、なにも生まれないんだよ、はっきり言って。川下のここにこういうのがちゃんとあるために、川上のうちらが頑張ってるんだよね」

川端は自慢話が過ぎる。会社の大きさややってきた仕事の規模など、社交ダンスとはまったく関係ないのに。自慢話を聞かされた人の多くは相槌を打ったり、感心したようなコメントをしたりしてはいるが、内心ではうんざりしているであろうことは、火を見るよりも明らかだ。川端はそういうことに気付かないのだろうか？　そんなに鈍感でいられるのは一種の才能か？　このままだと川端は孤立してしまう。それは避けたい。恐らく自分に自信がないから、自慢できる会社の大きさを身に纏《まと》って、自分の価値も大きく見せたいのだろう。その必死さが却って、小者ぶりを如実《にょじつ》に表してしまっているのだが。特に気掛かりなのは大塚の反応だ。川端の自慢話が始まると、大塚の顔に苛立ちが浮かんだ。それが他の人のより強い。そこになにか不穏なものを感じる。

　田中は立ち上がりビール瓶を摑んだ。

　そして長卓の端まで移動すると、石原に声を掛けて、彼のグラスにビールを注いだ。

「どうですか、レッスンの方は」と田中は尋ねた。

「一応行ってますよ」

「一応なんですか？」

「いやぁなんて言いますか」苦笑いを浮かべた。「女の先生なんですよ。物凄く優しいんです。間違ったり、覚えられなかったりしても、いいんですよぉ、全然大丈夫ですよぉってニコニコしてるんです。それがどうも気色悪いんです。自分は中学高校と野球部だったんです。練習っていうのは厳しいもんだって記憶がありますからね、優しくされると戸惑ってしまうんです。いい先生なんですよ。なのにどうも馴染めないんです。周りの生徒が女ばっかりっていうのも、ちょっとね。最初はそこに惹かれたって部分も正直あったんですが、一挙手一投足見られてるって感じがどうも……大変だなって思ってしまうんです」

「わかりますよ」深く頷いた。

田中は高校時代ラグビー部に所属していた。そのしごきは凄かった。今振り返れば理不尽極まりない過酷な練習だった。炎天下での練習でも水の摂取は許されなかった。失神する部員が続出したが、それは根性が足りないからだということになっていた。辛かったが、そんな中でも頑張っている自分に恍惚《こうこつ》となる瞬間もあった。感覚が麻痺していたのだろう。高校時代の青春を思い出す時、それが刻まれた場所はグラウンドではなかった。勿論教室でもない。自分の青春は部室と、部活帰りに寄るラーメン屋にあった。

そのラグビー部はとても弱くいつも一回戦で負けていた。それが田中が三年生の時、初めて一回戦を突破した。だがそこまでだった。二回戦で負けた。敗北後にチームメイトの何人かといつものラーメン屋に行ったら、定休日の札が掛かっていた。がっかりしていたら上から店主の声がした。試合が終わったら必ず来るだろうと、お前らのために貸し切りにしておいたんだと、二階から店主は言った。たいして旨くないラーメンなのだが量が多く、食べ盛りの部員たちの腹を満足させてくれるので、その店をよく利用していたのだ。

　店主が労いの言葉を並べる中、田中たちはしんみりとラーメンを食べた。田中はラーメンを食べながら、三年間の様々なことを思い出していた。その年、母親が病気になりしばらく仕事を休んでいた時期があったため、田中家の生活はいつも以上に苦しかった。合宿代が欲しいと田中は言い出せず、深夜に掃除のバイトを始めた。睡眠時間が減ったため体力が落ち、激しい練習に付いていけなくなり、部活を休みがちになった。顧問に事情を話して部長を下ろして欲しいと願い出た。田中とポジション争いをしていた部員の家は金持ちだった。バイトをする必要はなく毎日練習していた。実力は拮抗していたが、練習時間が減ったことで田中がレギュラーになれる可能性は低くなっているとの自覚はあった。だが致し方なかった。

　ある日バイト先に行くとチームメイトたちがいた。顧問から話を聞いたので田中の合宿代をカンパするべく、一緒に働こうと面接を受けて雇って貰ったという。プライドがあったので田中はその申し出を拒否しようとしたが、清掃会社の社長から、こういう時は黙って厚意を受けるもんだと諭された。皆のお蔭で予定より随分と短い期間で合宿代が貯まり、部活に復帰できた。今考えれば周囲の大人たちの大らかさに驚く。チームメイトの親たちから文句などは一切出なかったし、顧問も学校も知らないふりをしてくれたのだから。復帰してからは練習でも練習試合でも、チームメイトたちが自分を応援してくれているのを強く感じた。判官贔屓《ほうがんびいき》だったろう。そのせいで田中とポジション争いをしていた金持ちの部員が、仲間外れのような状態になった。彼はなにも悪くなかったのだが。もしその気配を感じた時すぐに、田中がなんらかの行動を起こして、彼も仲間なのだと皆にわからせるようにしていたら、結果は違っただろう。だが田中はなにもしなかった。そして依怙《えこ》贔屓されるに任せていた。だから彼は孤立した。

結局田中はレギュラーになれた。実力で手に入れたのではない。チームメイトたちのサポートのお蔭だった。

二回戦で負けた日、ラーメン屋に集まった仲間たちの中に彼はいなかった。高校最後となった試合の後で、あいつと一緒にラーメンを食べたかったと思ったら泣けてきた。田中は泣きながらラーメンを食べた。側にいたチームメイトたちの中には、田中が試合で負けたことで泣いていると勘違いして、もらい泣きする者もいた。それ以降、孤立している人や、孤立しそうな人が気になってしょうがなくなった。

田中はそれからもビール瓶を持って席を回った。

大塚のグラスにビールを注いだ時だった。

「今日は有り難うございました」と感謝の言葉を向けられた。

そして大塚は「田中さんが幹事をしてくれたお蔭で、こうして皆で集まることができました。大変だったでしょ」と続けた。

「いやいや。今は幹事なんて楽なもんです。昔は大変でしたがね。携帯がない時代には。会社の固定電話で私用の話なんてできませんでしたから、夜自宅に戻ってから向こうの自宅に電話です。うまい事つかまりゃいいですが、仕事だか付き合いだかで、まだ帰宅してなかったりしましてね。休日だって朝早くからゴルフに行ってしまっていて、つかまらなかったりで。それにこっちにだって帰りが遅い日もありますからね、せっかく向こうが連絡をくれても私が不在だったりで、行き違ってばっかりなんてこともざらでしたよ。まぁ、私がいない時には、妻が伝言を受けてくれましたので助かりましたが。家に帰ると壁に紙が貼ってありまして、リストができてるんです。名前の横に出欠席の○×が書かれてました」

「いい奥さんだ」

「奥さんに社交ダンスのことは、まだ？」

大きく手を左右に振る。「言ってません。もうずっとこのまま話さずにおこうと思ってます」

「そうなんですか？」

「あれこれ説明するのも面倒ですからね。うちの場合、関門は女房だけじゃねぇんですよ。息子とか嫁とか、従業員とかいて、俺が社交ダンスやってると言ったら、えー、なにそれーと騒ぎ立てる輩《やから》の人数が多いんです。そういう連中に、なんだ文句あんのかよと言い切れねぇ気持ちがあるんだろうな、恐らくここに」大塚が自分の胸を太い指で指した。「ちょっと恥ずかしいんです。社交ダンスは好きなんですよ。好きな癖に未だに恥ずかしさが消えてねぇんです。そんなもんだから発表する気にはなれんのですわ」

「ちょっと恥ずかしいという気持ち、わかります。私にもありますから」

「田中さんにも？」

「はい」

先週のことだった。随分前から調子が悪かった洗濯機が、いよいよ限界を迎えたようだったので、買い替えを決めた。これまで家電品の買い替えに興味をもったことなどなかったのだが、暇を持て余している田中は、調べてみるよとチヨ子に宣言しネット検索をした。チヨ子の要望とサイズや価格などから三機種にまで絞り込んだ。

下準備を済ませた田中は、チヨ子と二人で量販店に行った。店内をぶらぶらしテレビ売り場の前を通りかかった。それぞれの画面に様々な映像が流れていた。その中の一つに社交ダンス大会の中継映像があった。燕尾服とドレスを着た男女が優雅にワルツを踊っている。それをチヨ子と二人で眺めた。

すると突然画面が切り替わり、ラテン競技の映像になった。一気に雰囲気が変わった。踊る女の衣装の布面積のなんと小さいことか。男の衣装も先ほどとは違って、身体にぴったりとして胸元が透けている。その男が腰を振って踊る。そのうち、その男女が絡みつくような振りになった。自分が踊っている訳でもないのに恥ずかしかった。田中は恐る恐る隣のチヨ子を盗み見た。食い入るように映像を見つめていた。どうすべきなのか。田中は急いで考えた。これはプロが出場している大会の映像だから、こんな衣装と踊り方だが、自分が習っているのはこういうものではなく、別物なんだよと説明するべきか。しかしそれはわざとらしくないだろうか。だがもう行こうとこの場から去ろうとすれば、後ろめたいと白状したかのようにとられる危険性もあるように思う。よい対処策は見つからず、まったく違う画面になってくれと祈るだけになっていた。そしてまだ子どもが小さかった頃、一緒に見ていたテレビドラマで、突然ラブシーンが始まってしまった時の気まずさを思い出したりしていた。

しばらくしてチヨ子が口を開いた。「大変ですねぇ」と。そして歩き出した。田中は黙ってチヨ子の後に続いた。大変ですねぇとはどういう意味なのかと、田中の頭の中には疑問が渦巻いていたが、口に出して尋ねることはできなかった。

田中は大塚から離れ、その隣の男にビール瓶を向けた。そうして全員に酌をした後で元の席に戻った。

皆を眺め回す。

すでに赤い顔をしているのが数人いる。手拍子を取って、ダンスの振りをする仲間を囃《はや》し立てる者もいた。

障子が開いて、大皿を両手に持った二人の店員が現れた。

すぐに仲間の何人かが食器を動かして、長卓に空きスペースを作り始める。そうやって作ったスペースに大皿が置かれた。その新たに到着した料理を食べようとする空気が生まれ、一瞬部屋が静かになった。

これを機会と田中は呼び掛けた。「皆さん、今日は久しぶりに教習所仲間とこうやって懇親する場にいられて、大変嬉しく思っています。今通っているスタジオのレッスンはどうでしょう。満足されている人もいるとは思いますが、米山ダンススタジオでの男たちだけのレッスンを、懐かしく感じる人も少なくないようです。懐かしさだけでなく、できることなら米山先生に教わりたいとの思いを、おもちの人もいるようです。そこで、米山先生にまたレッスンをして貰えないか交渉してみようと思うのですが、いかがでしょう。受けてくださるかはわかりませんがね。米山先生がレッスンをしてくれるなら、通いたいという人はどれくらいいらっしゃいますか？」

すると「個人レッスンではなく、前みたいに、皆でってことですか？」と質問の声が上がった。

「はい」田中は頷く。「皆さんで一緒に。その方が励ましあえたり、慰めあえたりして楽しいですし、個人で受けるよりは安いレッスン料になるでしょうから」

「今のところをやめてってことですか？」とさっきとは違う仲間が聞いてきた。

「いえいえ」と田中は否定する。「今通っているところを、やめる必要はないんじゃないでしょうか。勿論やめるか、やめないかは皆さんご自身が決めればいいことですが、今通っているスタジオと米山ダンススタジオでのレッスンは、別物と考えたらいいんじゃないでしょうか。実際違いましたよね。居心地の良さとか、恥ずかしさの有り無しとか。習うステップは同じはずなんですが違いました。ですから別物と考えて、今のところと、米山ダンススタジオのどちらかを選ぶというのではなく、どちらも楽しめたら、これからも社交ダンスを続けられそうな気がしましてね。当然二ヵ所に通うということになれば、時間的なことや金銭的な問題が出てきますから、すぐに決断はできないでしょう。今決めてくれというのではなく、しばらく考えて貰えたらと思いまして、せっかくの機会ですからお話をさせて頂きました」

　叶が口を開いた。「皆さんと一緒にレッスンするのはいいと思いますが、米山先生にってのはどうなんですかね。やる気があるんだか、ないんだかって感じでしたし、ちょっと冷たいし」

そうそうと同調する声が広がる。

すると石原が発言する。「自分はあの教え方がいいな。猫なで声でいいんですよぉ、全然大丈夫ですよぉと言われるより、スティックを当てられて、石原さん、これは右足ですとクールに言われる方がいいです。変にベタベタしてないところが好きですよ」

「それは言える」と今度は石原に賛同する声が上がった。

田中は提案する。「皆さんの好みも、考えも色々でしょう。最終的な希望は後日改めてお尋ねしますが、もし米山先生がレッスンをしてくれるとなったら、そちらに行きたいと今考えているという方は、どれくらいいらっしゃるでしょう。手を挙げていただけますかな？」

そろりそろりと手が挙がっていく。

その様子を田中は見守った。

そうしてから言った。「全員が手を挙げているということは、現段階では全員が米山ダンススタジオでのレッスンを希望しているということで、よろしいですね？」

皆から拍手が起きた。

「全員とは思いませんでした」と田中は正直にコメントした。

すると大塚が「俺ら全員マゾなんだよ」と発言し、どっと笑いが起きた。

皆の気持ちを知った田中は嬉しくなる。まさか全員が自分と同じように、米山ダンススタジオでのレッスンを希望するとは思っていなかった。四、五人でも賛同者がいてくれたら、米山に交渉し易いと考えていた。米山は褒めてくれたり、優しくしてくれたりはしないが、私たちのような年代の者には、そういう甘さのない教わり方の方が、しっくりくるのだろう。卒業発表のダンスで貰った拍手は格別だった。あの拍手にはきちんと感動したといった気持ちが入っていた。誰かを感動させられたのだと思えたあの時……幸せだった。それに皆で一つの目標に向かっている感覚も楽しかった。遥か昔の部活時代を思い出した。そういうの、悪くない。ただ女と踊りたがり、モテたがっていた川端までもが手を挙げるとは思わなかった。ただし、一人だけ手を挙げないでいるには勇気が必要で、この場は賛成に回っただけなのかもしれないが。

田中は言った。「それでは、米山先生にレッスンをしていただけるか聞いて来ようと思いますが、同行してくださる方、どなたかいませんか？」

皆互いの顔を見合うばかりで、自分がと言い出す者は出ない。

田中は誰かが名乗り出てくれるのを辛抱強く待つ。そうして仲間たちの顔を順に見ていった。

目が合った川端に尋ねた。「同行していただくのは難しいですか？」

川端が鞄からスマホを取り出し操作を始める。「いつ頃ですか？　ゴールデンウィーク中も仕事が入ってまして……ちょっと待ってくださいよ。ゴールデンウィーク明けの週は、バタバタするだろうからNGとして、その次の週だとすると……あっ、ダメだ。海外からバイヤーが来るから毎日接待で、接待ウィークになるんだ。その次の週だと……んー、どうかなぁ。大型プロジェクトが今佳境を迎えてましてね」

真剣に検討してくれているのかと思ったら、ただの自慢話だったか。

場が白けていく。

やがて他の仲間たちも自分のスマホを弄《いじ》り始める。

どうやら一人で行くことになりそうだと思い始めた時、大塚が手を挙げた。

田中は思わず身を乗り出して「一緒に行っていただけますか？」と尋ねた。

「行きますよ」と大塚。「俺は大きなプロジェクトを抱えてねぇから、都合付けますよ」

川端への嫌味に一瞬間が空いたが、皆は拍手で大塚に感謝を表した。

「それでは」田中はグラスを掲げた。「皆さんとまた一緒にレッスンできるよう祈りながら、乾杯といきましょう。皆さん、よろしいですか？　それでは乾杯」

田中は周囲の人とグラスをぶつけ合った。

「なんか、気が重いです」と叶が言った。

田中は頷く。「わかりますよ。私も同じですから」

「やっぱり今日はキャンセルするっていうのは、ダメなんでしょうか？」

「それは……したくないですねぇ。約束してしまいましたので」

叶は哀しそうな顔をしてストローに口を付けた。

田中と叶はセルフ式のカフェに座り、約束したダンスパーティーへの参加を躊躇《ちゅうちょ》していた。

カフェの窓越しにパーティー会場の入り口が見える。

続々と若い娘たちが入って行く。

「もっと」叶が話し出す。「年配の人たちなのかと思ってました」

「私ぐらいの年代の者が、あんな若いお嬢さんがたと踊るのは躊躇《ためら》うのは、まぁ、さもありなんですが、叶君なら同じ年代でしょう？」

「全然同じ年代じゃありませんよ。こっちは三十四ですよ。どう見ても」首を後ろに捻って入り口付近へ顔を向けた。「二十歳前後って感じの女性ばかりじゃないですか。一番苦手なゾーンですよ」

田中からしたら二十歳と三十四歳は同世代だが、当の叶からすると違うようだ。だが田中は叶を説得しなくてはいけない。紗弥香と約束してしまったからだ。正確には約束させられたのだが。

年に一度の健康診断の時期になり病院に行ったところ、医者から社交ダンスの調子はどうだと聞かれ、教習所の卒業発表の話をしたら娘の紗弥香が現れて、ダンスパーティーへの参加を請《こ》われた。紗弥香の誘い方は非常に強いもので、その熱心さにほだされて参加を決めた。だが自分だけでは心細く、教習所仲間の中で一番年若の叶を連れて行こうと考えた。若い叶の参加を紗弥香はきっと喜ぶと踏んだし、当然ながら叶も喜ぶだろうと思ってのことだった。駅の改札口で待ち合わせた田中と叶は、十分ほど歩いて会場の入り口に到着した。そこで非常に若い女性たちが会場に入って行くのを見た叶が「ちょっと心の準備をしてもいいですか」と言い出したため、向かいの通り沿いのカフェにひとまず退却したのだった。

田中は「こう考えてみたらどうでしょう」と切り出した。「ボランティアですよ。娘さんたちは、男性と踊る機会がなかなかないそうです。男性の愛好者が極端に少ないからでしょう。ちゃんとした練習をしたくても、できないと言っていました。困っている人たちに手を貸す。これは正しくボランティアです。ボランティアの精神であのドアをくぐる。あそこには、私たちの手助けを待ってる人たちがたくさんいる。そう考えてみたら」

「…………」

叶はなにも言わずストローで氷を突《つつ》いた。

後ろ向きになっている叶の気持ちを変える、いい手立てはないものかと田中は考える。

そして言った。「今はこんなことを聞いてはアウトなのかもしれないが、彼女はいるんですか？」

首を左右に振る。「いません。彼女とやっと別れられて、ほっとしてるところなんです」

「やっと別れられて？」

「ええ。彼女とは三年ぐらい付き合ったんです。最初の頃はすごく居心地が良かったんですよ。お互いを尊重する関係でしたし、同い年で色んなことの価値観が似ていたんです。でも彼女が変わっちゃったんです。一年ぐらい前に突然でした」

田中は尋ねる。「どんな風に？」

「なんか、急に親に会ってくれと言ってきたりとか、彼女の友人との飲み会に誘って来たりし出しまして。自分の生活に僕を引き込もうとする力が、強くなってしまったんです。そういうの、重いなって思って。そんなこと、前はしなかったんですよ、彼女。それで別れようって言ったんですよ。どっちかが別れようと言い出したら、もうそれで終わりじゃないですか。でも彼女は別れたくないと言って泣いたり、怒ったり、懇願してきたりで。そんな醜態を曝《さら》されて元に戻ろうと思う訳ないのに。そんなこともわからなくなってしまうんですね。話しても無駄なのですべての連絡手段を断ったんですが、そうしたら僕のマンションの前で待ち伏せするようになって。最後はホラーですよ。今夜もいるんだろうかと、びくびくしながら自宅に帰るんですから。半年かかってようやく悟ったみたいで、待ち伏せがなくなりました」

「彼女の方は結婚したい気持ちが強くなっていたのかもしれませんね。それは叶君の未来設計とは違ったということなんでしょうか？」

「ええ」ストローを手放すと背もたれに背中をどさっと預けた。「僕は週末婚が理想でした。月イチ婚でもいいです」

「そうなんですか？　週末だけか月に一度？　今の若い人にはそういう選択肢もあるんですね。同じ考えの女性が見つかるといいですね」

「いいんです、見つからなくても。見つからなかったら一生独身でいきます。元々女性に対する執着は薄い方ですし。男性に対して強いというんでもないんですよ。なんか誰かと同居するっていうのが、ハードル高いと思うんです。田中さんは結婚されてどのくらいなんですか？」叶が聞いてきた。

「うちは三十三年です」

「三十三年間も同居してるなんて凄いなぁ。田中さんは奥さんとどこで知り合ったんですか？」

「上司の紹介ですよ。昔はそういう風習があったんです。職場の上司が部下の見合いを仕切るというのがね。ある日突然上司から、田中君ちょっとと声を掛けられました」

　田中が「はい」と答えて立ち上がると、上司は自席を離れて歩き出した。上司の後をついて廊下に出ると「お付き合いしている人はいるの？」と聞かれた。「いません」と答えると、「好きな女優は誰？」と質問されて首を捻った。「特に好きな女優さんというのはいません」と言うと、「そんな訳ないだろう。普通一人や二人は好きな女優というのがいるもんだ。ほら、言ってご覧、恥ずかしがらずに」と上司が促してきた。誰かを挙げなくては許して貰えそうもない雰囲気だった。必死で考えて二人の女優の名前を出した。すると上司は「そうか。わかったぞ。ああいうのがいいんだな」と満足そうな顔をした。そして「しばらく私に預けてくれ」と言った。なにを預けることになったのかははっきりしなかったが、ここは「はい」と言うのが正解なのだろうと考えて、その通りに口にした。

　それから一ヵ月ほど経った頃にまた上司から声を掛けられた。今度は会議室だった。テーブルに二枚の写真が置かれた。写真館で撮ったと思われるそれには同じ女性が写っていて、真っ直ぐ立っているのと、椅子に腰掛けている二ポーズだった。こういう展開になるだろうと薄々予想していた通りの、見合い話だった。上司は胸ポケットから手帳を取り出し、そこに挟んでいた紙を広げた。そして名前、年齢、職業、家族構成、住まいの場所などを読み上げた後で、気立てのいいお嬢さんだと言った。「どう？」と気軽な調子で問われて、田中は写真の中の女性をじっくりと見つめた。名前を挙げた女優とは雲泥《うんでい》の差がある容貌だったが、その落ち着いた様子にしっかり者といった印象をもった。

田中は叶に向けて言う。「昔は人生の選択肢はあまりなくてね。いや、あったのかもしれないが、私の周囲に限っていえばなかったんですよ。仕事に慣れた頃に上司の紹介で見合いをして、結婚というのはスタンダードでした。上司に勧められた見合いをして、結婚して、三十三年です」

「凄いですねぇ。運というのか、縁というのか。ずっと円満だったんですか？」

「そうですねぇ。特に喧嘩らしいものもしたことがないから、私は円満だったと思っているが、向こうがどう思っているのかは、わからないな」

目を丸くした。「喧嘩なしで三十三年。それで今でもラブラブな感じですもんね」

「ラブラブ？」

「はい。田中さんの話の中に奥さんが登場するの、多いですから。ラブラブなんだなと思ってました」

「いやいや。他にいないんだよ、登場させる人間が。会社員生活を引退したからね。関わり合いが妻だけになって、それでつい話に出してしまうんだろう」

田中は腕時計に目を落とし時間を確認した。

会場には続々と若い娘たちが入って行く。

週末に一度か月に一度か。それは結婚なのだろうかと田中は疑問に思う。その距離感がちょうどいいと考える人もいるんだろうが……いつも側にいてくれるという安心感が、結婚の一番いいところだと私は思っていた。だがこんな考えは古いのかもしれない。ただラブラブではないな。私はチヨ子の話をそんなにしているのか……自覚はまったくなかったが。それにしても叶ほどの青年ならば、若い娘たちとのダンスパーティーに、喜んで参加するもんだと思い込んでいたのは失敗だった。まさか自分と同じように気が重いとは。申し訳ない気持ちになる。だが、それじゃ自分一人だけで行くよとは言いたくない。一人じゃ嫌だから。

「心の準備はできましたかな？」と田中は叶の顔色を窺った。

叶は唇を引き結び、それからゆっくり首を後ろへ向けた。しばらく会場の入り口付近を眺めた後で顔を戻した。そして氷だけになったグラスを見つめる。やがてその目をすっと上げた。田中と目が合うと顔をくしゃっとさせて笑った。

そして「覚悟は決まりました」と叶が宣言した。「ただ、なんでこんなことになったのかなと、時間を少し遡って振り返っていました。あっ、いえ、ここに来たのは田中さんに誘われたからなんですが、そこじゃなくて、社交ダンスを始めようと思った時のことを思い出してました。まさか休日に、二十歳前後の女性と踊ることになるとは考えなかったなぁと」

「叶君はどうして社交ダンスを始めることにしたの？」

「んー、たまたまという言葉しか浮かびません。これまで経験したことや、今の生活の延長線上にあるような趣味じゃなくて、絶対に経験しないであろうジャンルの趣味が格好いい気がしたんです。だとしたら運動系だなと。中高大学と運動を避けてきたので。山登りはハード過ぎるし、テニスやゴルフといった球技はなんだか違う気がして、どうしようかとネットで探していたら、社交ダンスのプライベートレッスンというのがあると知って。なんでその情報に興味をもったのか、未だによくわかってないんです。だからたまたまなんです。たまたま見かけて体験レッスンに申し込んで、教習所へ行くよう言われて……気が付いたら休日に田中さんとコーヒーを飲んでて、これから僕は二十歳前後の女性と踊るのかと思うと、人生はなにがあるかわからないもんだなと」

「後悔しているのかな？」

「それが全然後悔はしてないんですよ。社交ダンスについてはですよ。気軽に田中さんからの誘いを受けてしまったことについては、すっかり後悔しています」

「申し訳ないことをしたね。だがお蔭で私は心強いよ。有り難う」

「いえ……はい」

10

川端はスマホから顔を上げた。

少し先に郵便局がある。

あそこの手前を右だな。

川端はスマホの地図アプリに導かれて、イタリアンレストランへ向かっていた。

住宅街を十分ほど進んでいくと、左前方に赤いひさしの店が見えた。

そのひさしの上にはイタリア国旗が掲げられている。

川端はその店の前で足を止めた。

駅から距離のある住宅街の奥まった場所のこんな店を、聖子はよく見つけたもんだ。

聖子はこうした辺鄙な場所にある店をよく知っているが、その情報はどうやって入手しているのだろうか。

昼間に聖子から、今夜は一緒に外食しようと誘いのLINEが入った。いい店を知っているからと書かれていたのは、馴染みのない街の名前だった。

ウッド調の扉の横に置かれたメニュー表を覗き込む。

パスタ一皿が二千円前後するようだった。およそ牛丼五杯分だ。川端は常々牛丼屋の牛丼のコストパフォーマンスは世界一高く、素晴らしいものだと思っているので、なにかの価値を計る時には、牛丼だと何杯分になるかと考えた。

今夜は聖子が誘ってきて、聖子が選んだ店なのだから、聖子の奢《おご》りと考えていいのだろうか。

川端家には三つの銀行口座があった。一つは川端の給料が振り込まれる口座。一つは聖子の給料が振り込まれる口座。そして三つ目は家賃や食費、光熱費などの支払いをするために、金をプールしておく口座だった。給料が出たら、川端は自分名義の口座から二人で決めた額を、三つ目のプール口座に振り込む。聖子もそうする。ただその金額は川端よりも少ない額だった。自分の口座に残った金はそれぞれの小遣いになり、それぞれが好きに使う。結婚した時からずっとこのルールでやってきた。だから互いの給料や預金額を知らない。

川端は扉を開けた。

二十席ほどのこぢんまりした店の奥に聖子がいた。

川端は聖子の向かいに座り「待ったか？」と尋ねる。

「ううん」顔を強く左右に振り、それに合わせて大きなピアスが揺れる。「ちょっと前に来たところよ」

川端はメニューを開く。

数年前に聖子は突然髪をショートにした。それからは結構な大きさのピアスをするようになった。それらはよく似てはいるが、恐らく違うものであるようで、川端はピアスを見る度、無駄遣いをするもんだと呆れた。だが聖子が自分で稼ぎ、小遣いで買っているものなので、その本心を口にしたことはない。

若い頃の聖子は長い髪で、その毛先をくるんとカールさせていた。聖子自身が巻き髪命なのと笑って言うほど、その巻き具合にはこだわりがあるようだった。

結婚前に川端の友人二人とその彼女たちと、三組のカップルで温泉旅行に行った。夜、大浴場から女たちが宴会用の部屋に戻って来た。その時の聖子は頭にカーラーを巻いた状態だった。川端は驚いた。聖子が夜にカーラーを付けて寝るのは知っていたし、何度も見ていたが、それは自分の前だからやっているのだと思っていた。恥ずかしい格好も見せられるような関係に移行したのだろうと、好意的に解釈していた。だからまさか川端の友人らに、カーラーを付けた姿を晒《さら》すとは思ってもいなかった。自分も、自分の友人らも軽《かろ》んじられている気がして不愉快だった。だが川端は感情を抑えて、その場ではなにも言わなかった。

旅行が終わり皆と別れて二人だけになった時、カーラー姿を人に見せても平気なんだなと川端が言うと、だって友達じゃないのと聖子は答えた。友達にこそ恥ずかしい姿を見られたくないと思うものじゃないのかと川端が質すと、「変なの」と口にして聖子は笑った。川端は思わず大きな声を上げた。「あいつらは俺の友達であって、聖子の友達じゃない。フツーは彼氏の友達にはよく思われようとするもんだろ。それに彼氏に恥ずかしい思いをさせないように気を付けるのが、正しい彼女の生き方だ」と。すると「ただのカーラーじゃないの」と言って不機嫌そうな顔をした。川端は聖子に恥ずかしいことをしたのだと理解して欲しかったし、反省して貰いたかったのだが、そうした思いはまったく伝わらなかった。どうやって仲直りをしたのかは覚えていない。その後、聖子を伴って友人らと旅行に行く機会は巡って来なかった。

聖子が口を開いた。「ここはズワイガニのカルボナーラが美味しいのよ」

「そうなんだ」と川端は答えてメニューの中にその料理を探す。

パスタの欄の最下段にあるそれは、二千五百円と記されていた。牛丼の約六杯分だ。

その時、聖子から声が掛かった。「ここは私の奢りよ」

「だったら」メニューを閉じる。「任せるよ」

聖子はウエイターを呼び寄せると、テキパキと注文をした。

ウエイターが立ち去ったところで川端は尋ねる。「なにかいいことでもあったのか？」

「ん？　あぁ、実はね」一拍置いてから笑みを浮かべた。「社長に呼ばれてね、なんの話かと思ったら、君に執行役員をやって貰うって」

「えっ？　執行役員に昇進したのか？」

「内定の段階。辞令は来月出るの」

「そうか。おめでとう」

「有り難う」

川端は口角を上げて、さも同じように喜んでいるといった表情を作った。

マジかよ。なんで俺は部長止まりで定年を迎えることが決定したっていうのに、二つ年下の女房が執行役員なんだよ。こっちの会社の方が規模が大きくて社員数も多いから、部長だって相当に凄いことなんだが、そういうの、説明しなくちゃわかって貰えないじゃないか。世の中は夫が部長で、妻が執行役員って、その単語だけで見る。それ、最悪だ。女だからじゃないのか？　なにかというと女の意見を聞けだとか、女の戦力を上手く活《い》かせた会社が成功するだとかいう。女を大切にし過ぎだろ。そんな風潮、気に入らないね。男が言い出してもスルーされるような提案や意見を女がすると、さすが目の付け所が違うと評価されたりする。冗談じゃない。差別だろ、それは。聖子が執行役員になれるのだって、女だからなんじゃないのか？　男だったら平凡だが、女だと優秀に見えるんだろ。女なんか嫌いだ。

川端が白ワインをがぶ飲みしていると、サラダとスープが運ばれて来た。聖子が社長室での出来事を喋るのを聞き流しながら、川端は黙々と食事を進める。

聖子は上場していない人材派遣会社に勤めている。従業員が百四十名ほどの中堅会社で営業を担当していた。聖子が束ねる部のスタッフは全員が女だと聞いていた。

ウエイターが川端の空いた皿を下げに来たので、白ワインのお代わりを注文した。話し続けている聖子の皿の中は全然減っていない。

川端は店内を盗み見た。

カウンターに男が二人いるだけで、他は全員女の客だった。中央のテーブルに着く四人の女たちが、大きな笑い声を上げている。

そっと視線を聖子に戻した。

幸せそうな顔でスープを啜っていた。

昇進するなら給料も上がるのではないだろうか。第三口座へ入金する聖子の金額を増やし、俺の額を減らしてくれと言ってみようか。いや、止めておこう。それじゃ俺の負けになる。

やっと届いた白ワインを川端はごくごくと飲んだ。

川端は米山ダンススタジオのドアを開ける。

左端の長椅子に田中と大塚がいた。

「先生はまだですか？」と尋ねながら川端は二人に近付く。

「まだです」と田中が答え、「お疲れ様です」と続けて笑顔を見せた。

米山にまたレッスンを付けて貰えるよう依頼する役は、田中と大塚に決まっていたのだが、川端も参加することにしたのだ。田中に連絡すると心強いと喜んでくれた。

久しぶりに訪れたスタジオは埃っぽかった。

川端は尋ねる。「先生がまだなのに、どうやってここに入ったんです？」

田中が「ご存知なかったですか？」と驚いた顔をした。「ドアの横に植木鉢がありますよね。その下に合鍵が置いてあるんです。ここで習っていた時に自主練したいとお願いしましたら、先生が合鍵の場所を教えてくださって勝手に使ってくれと。今日もそこにあるだろうかと思って見たら、ありましたので、勝手に入らせていただいたというわけです」

川端は言った。「植木鉢の下に合鍵なんて随分と不用心ですね。ま、ここには金目の物はないんでしょうが」

「川端さんは女性と踊るのが目的だと言ってましたから」と田中。「実際今習っているレッスンが楽しいとも言ってましたしね。男たちだけでレッスンをしようという話に川端さんが賛成したのが、正直意外でしたよ。今日こうして同席してくださるというのもですがね」

　ゆっくり長椅子に腰掛ける。「やっぱり男ですよ。仲間になれるのは。男たちで輝きましょうよ」

　先週大学時代の友人、沢村誉《さわむらたかし》のライブに行った。川端の結婚式では、友人代表としてスピーチをしてくれた男だった。大切な友ではあったが互いに仕事が忙しくなり、なかなか会う機会をもてず疎遠になっていた彼から誘いを受けたので、新宿の小さなライブハウスに向かった。沢村が大学生の時に組んでいたメンバーと、再結成したバンドの演奏が始まった。酷い演奏だった。昔も酷かったが演奏の下手さは深みを増していた。だが……沢村は輝いていた。他のメンバーも。下手な癖に輝いている彼らが眩《まぶ》しかった。そのうちどんどん哀しくなっていった。友人も妻も同期もそれぞれの場所で輝いているのに、自分が輝く場所はない。

　ライブが終わり一人でバーに寄った。たまに立ち寄るそのバーはオカマのママが仕切っている、カウンター六席だけの小さな店だった。楽しい時にはキャバクラへ行って騒ぐが、落ち込んでいる時には、そのバーへ行くことが多かった。

その夜は他に客はおらず、川端は愚痴《ぐち》りまくり飲んだくれた。ママは言った。あんただって社交ダンスで輝いたらいいじゃないのと。そして「その世界じゃ一応男ってだけでモテモテなんでしょ。オバサンからだろうけど、オバサンだって女よ」と続けた。川端は「なんか違うんだよ。そうじゃないんだ。違うんだ」と否定をした。違うんだと繰り返す川端にママは言った。「あんた、寂しいのね。自慢話をもう少し控えたら、男からだって女からだって、もっと好かれるわよ」と。突然きゅうっと胸が痛くなって、どうしたんだろうと思っていたら涙が零《こぼ》れ出した。自分が泣いてると気が付いたら更に胸の痛みが増した。涙が止まらなくて、川端はカウンターに突っ伏した。自分の腕で囲った小さな陣地の中に顔を埋め嗚咽《おえつ》した。しばらくそうやって泣いていたら、ママに頭を撫《な》でられた。そしてへべれけ状態で深夜に帰宅した。

カチャッと音がした。

ドアへ目を向けると、米山がスタジオに入って来るところだった。

約束の午後一時を十分ほど過ぎていた。

挨拶を交わし合った後で、米山は川端たちの前に丸椅子を置き、そこに腰掛ける。

そして全員がなんとなく田中を見つめた。

すると田中が「それでは私から話をさせていただきますかな」と話し始める。「この教習所で練習をした生徒たちは、今ではそれぞれ別のスタジオでレッスンを受けていますが、交流は続けております。そうした中で、この教習所でのレッスンを懐かしむ声をしばしば耳にしたものですから、先日一堂に会する場で皆さんの気持ちを確認しました。そこで意見が一つにまとまりましたので、今日はそれを先生にお伝えしお願いしようと、生徒を代表して三人で参りました。先生、また私たちにレッスンをしていただけませんか？」

米山は驚いたような表情をして「そういう話でしたか」と呟いた。それからはっきりとした口調で「お断りします。今通っているスタジオでダンスを続けてください」と言った。

あっさりと出されたゼロ回答に、思わず川端は息を呑み二人へ目を向ける。

田中も、その向こうにいる大塚も、凍り付いた顔をしていて言葉を失くしているように見えた。

しばらくの時を置いて「理由を教えていただけますか？」と田中が冷静な口調で尋ねた。

「理由……」考えるかのように間を置いてから、米山が口を開く。「皆さんが下手だからです」

「下手だからですか……」田中が静かに繰り返した。

大塚が「ちょっと待ってくださいよ」と言い出した。「下手だから習うんでしょうが。下手な生徒に教えることで生計を立てるのが、ダンス講師なんでしょ。それを下手だから教えねぇってのは、おかしな話だ。そんな理由は通りませんよ」

川端も後押しする。「そうですよ。そんな理由は通りません。本来ならダンス講師というのは、どうぞ私の生徒になってくださいと頼む立場なんですからね。どっちが金を払って、どっちが金を受け取るのかというのを、考えてみてくださいよ。自ずと立場というものがはっきりしますから。だんまりですか？　確かに俺たちは下手ですよ。その分伸びしろがあるってことじゃないですか。俺たちは輝きたいんですよ。男同士でね。男たちだけだからこそ理解し合えるものがあるんです。女たちの目を気にせず、のびのびとやりたいんです。卒業発表のダンスで貰った拍手と歓声は、未だに胸に残ってますよ。あの瞬間、間違いなく俺たちは輝いていました。下手でもね。俺たちはまた輝きたいんですよ」

米山が腕を組み顔を顰《しか》めた。「あれは余興です。社交ダンスではありません」

社交ダンスじゃないって？　川端はショックを受ける。余興に拍手を貰って感動していたのか、俺は。そうなのか？　そんなの……惨めじゃないか。いや、違う。余興でなにが悪い。そうだ。余興だってかくし芸だって、感動させりゃそれでいいんだ。余興の王様になってやる。あんたが嫌だっていうなら、別の男の講師を探せばいいだけの話なんだからな。生徒たちから貰うレッスン代で生活している癖に、生意気なんだよ。こっちは仕事をくれてやるって言ってんだから、揉み手でもして毎度有り難うございますと、頭を下げるところだろうに。せっかくのやる気に水を差すな。大体あんた、暗いんだよ。ダンスを教えている時も全然楽しそうじゃなかった。どっちかというと苦しそうな顔だったもんな。そんなに俺たちに教えるのが苦痛だっていうなら、いいよ、もう頼まないから。

他の講師を探そうと川端が口を開きかけるも、田中が先に声を発した。「先生は今教えている生徒さんはいるんですか？」

米山はゆっくり首を左右に振った。「いません」

「どうしてですか？」田中が重ねて尋ねる。

「…………」

「先生ぐらい上手ではないにせよ、下手じゃない生徒ならたくさんいるでしょう。そういう下手じゃない生徒にも教えていないのは、どうしてなんですか？」

「…………」

「いつから教えるようになるんですか？」

米山は口をへの字に結んだ。

11

小林《こばやし》杏子《きょうこ》が右足を、パートナーである謙《けん》の右足に絡ませた。

謙が左方向へゆっくりと体重を移動しながら膝を曲げる。

床ギリギリまで沈んだ杏子が、足を百八十度に開脚した。そしてそのまま床に着いた。

するとすぐに謙が杏子の腰に手をあて、その身体を持ち上げる。

謙の力を借りて跳び上がった杏子が、床に足で着地してターンしながら右へ進む。

そうして左右に並んだ二人は同じステップを踏み始めた。

完璧にシンクロする二人のダンスを米山は見つめる。

米山ダンススタジオには、ラテンの名曲『アイム・ア・シンガー』が流れていた。

その音楽に合わせて情熱的に踊る杏子は、悦子の妹だ。二人に血の繋がりはない。

再婚した親の連れ子同士という間柄の姉妹は、とても仲が良かった。二人の性格はまったく違っていた。だから当然ダンスもまったく違った。杏子は私を見てといった踊りだ。パートナーと同じステップを踏んでいても、相手に合わせようという気はないことが、こっちに伝わって来る。自分の隣で、同じステップをしている人がいる程度の意識なのだろう。ただそうしたことを差し引いても、杏子のダンスは魅力的だった。杏子のようなダンサーとペアを組むには、高い技術力と包容力が必要で、謙にはそれが備わっていた。

　謙が足をやや広げて立ち両手をゆっくり上げていく。肩よりも高い位置で止めると、身体を左右にくねらせた。そして手を下げていく。それから高速で左に一度ターンし、自分の胸に手をあてて、ぴたっと身体を止めた。

　あれは八年前のことだった。駅前で謙と出くわした。挨拶もそこそこに、逃げるように去って行った謙を不審に思った。その足でこのスタジオに来てみると、杏子がフロアの真ん中に座り込んで号泣していた。その隣で悦子が慰めていた。

　杏子はダンスパートナーであり、夫でもある謙から離婚して欲しいと言われていた。社交ダンスとは違う世界の女と再婚したいと告白した謙は、杏子がもう自分とは一緒に踊りたくないなら、パートナー関係を解消するし、ダンスは引き続き二人で踊ると決めるならそれでもいい。杏子が決めてくれと話したらしい。杏子は謙に殴りかかり、更に側にあった物をぶつけて破壊行動を続けた。話し合いができないと判断した謙は家を出た。弁護士を通して親権や財産分与についての協議が進行する中、杏子は新しいダンスパートナーを探した。だがなかなか見つからないようだと、米山は悦子から聞いていた。

競技会への申し込み締め切り日が迫ったその日、杏子は謙をダンススタジオに呼び出したのだという。そして久しぶりに二人で踊った。そこで杏子は自分のダンスパートナーは謙なのだと思い知った。それが悔しくて、謙が憎らしくて、腹立たしかった杏子は踊りながら泣き出したらしい。身を捩《よじ》って泣く様を見た謙は逃げ出し、その帰り道で米山と鉢合わせしていたのだ。

その日の晩、自宅で米山は悦子に尋ねた。同じ状況になったら君ならどうするかと。考えたことがないと言う悦子に、考えてみてよと粘った。悦子は随分と長い時間を掛けてから「踊りは続けたいけれど、信也とはもう一緒に踊れない。だから別のパートナーを探すと思う。相性が今一つでダンスのレベルが下がることになっても、信也と踊る道は選ばない。それは辛過ぎるもの」と答えた。そして「信也がもし同じ状況になったらどうするの？」と聞いてきた。米山はじっくり考えてから「踊ることを止めてしまうと思う」と話した。悦子は目を丸くして「誰とも踊らないの？　社交ダンスそのものを止めてしまうの？」と確認してきた。だから米山は「僕は君が思っている以上に弱い人間なんだ」と告げた。

そういえばいつだったか米山が病室に行った時、突然悦子が「私がいなくなったら、誰かパートナーを見つけて踊りを続けてね」と言い出したことがあった。あれは、この話の続きだったのかもしれない。米山はヤダねと拒否した。僕にダンスを続けさせたいなら、病気を治して、君がパートナーに復帰してくれないとと口にした。自分なりに励ましたつもりだったが、悦子はその時、困ったような顔をしていた。

杏子と謙のダンスが終わった。

すぐさま杏子が口を開く。「どう思う？」

「いい感じに仕上がってると思ったよ」と米山は答えた。

ダンスのパートナー関係は継続している二人は、十日後に開かれるダンスショーで踊りを披露する。その披露予定の踊りを見せるから、アドバイスをして欲しいと杏子から請われ、米山ダンススタジオに集合することになったのだった。

杏子が自分の腰に手を当てた。「いい感じなんて雑なコメントが欲しくて、見せたんじゃないのよ。もっとちゃんと指摘して欲しいの」

謙が長椅子の方へ歩き出した。そこに置いてあった黒い大きなバッグからハンドタオルを取り出すと、それで顔の汗を拭った。

米山は言った。「技術レベルはしっかりしているし、音楽はしっかり身体に入っているし、改善した方がいいと思うような箇所は一つもなかったよ。前に見た時よりなんて言ったらいいか……円熟……かな？　そうだ、円熟。二人の世界が更に濃く、深くなっていると思ったよ」

「本当に？」杏子が疑わしそうな声を上げる。

「あぁ。いいダンスだったよ。難しいステップを連続することや、スピードを重視したダンスを披露しがちだが、今のように魅《み》せるダンスにこそ、社交ダンスの素晴らしさが詰まっていると思う。ダンスショーで大勢のお客さんを感動させられるさ、きっと。二人にしかできない踊りだったよ」

杏子が「だそうよ」と謙に向かって言った。

謙が米山に向かって一つお辞儀をした。

それから謙はあっという間に帰り支度を済ませると、他人行儀な挨拶をしてスタジオを出て行った。

杏子がゆっくりペットボトルの水を飲んだ。「ダンスを見て欲しかったのもあったけど、お義兄《にい》さんの様子も知りたくて来たのよ。どうしてるかと思って心配してね。でも休憩室にある掃除当番表を見たら、ちょっとほっとしたわ。生徒さんが作ったんでしょ、あれ。楽しそうな集合写真もあったし、生徒さんたちと上手くやっているみたいじゃない。立ち直りつつあるようね。それはいいことだわ」

静かに言い返す。「立ち直ってなんかいないし、立ち直るつもりもないよ。それに生徒たちと上手くやっている訳でもない。男の初心者をまとめて教えたら、その生徒たちが仲良しこよしをしたがったってだけさ。群れたがる人たちでね、先週その人たちがやって来て、男の生徒たちだけでまたレッスンをして欲しいと言ってきたから、断ったばかりだ。短期集中レッスンを終える時、卒業発表と称して大勢の人たちの前でダンスを披露したんだ。実際はダンスとはとても呼べない出来だから、余興のようなものだったんだ。それなのに、そこで貰った拍手を勘違いして、調子に乗ってしまったんだろう。お気楽な男たちは暇なようでね」

　田中たちを見ていると胸がざらざらする。幸せそうで、楽しそうで、満ち足りているようで……妬ましい。自分との違いを思い知らされるようで嫌な気分になった。田中が余計なことを言ってきたせいで、悦子の読書日記を読むはめになったし。悦子が読んだ順で、同じ本を読む追体験は辛くてしょうがない。だが止められない。ユーモアを含んだ軽めのミステリー小説が続いていたのだが、病気に関する本ばかりになった。不安だったろう。心細かったろう。どんな思いでその本を選び、読んでいたのかと考えると——胸が痛い。悦子は一生懸命病気や治療のことを勉強していた。どうして僕には教えなかったんだ？　病気を告白されていたら僕は競技会には出なかった。治療を第一優先にしていたよ。それは間違いない。一秒も迷わない。それは確信している。それなのに……だからなのか？　そんなの酷いよ。

　杏子がペットボトルを大きなバッグに戻した。「今度は生徒さんたちにまで怒りを向けてるのね。姉さんを失ってから、お義兄さんはずっと自分を怒ってる。それを他人に向けるようになってしまったみたいね。前にも言ったけど、姉さんは治療の開始を少し遅らせはしたけど、遅らせなかったとしても、結果は同じだったって医者は言ったのよ。だからお義兄さんは自分を責める必要はまったくないのよ。もう自分を怒らないで。他の人に対しても。それ、意味がないもの。怒り続けるのって不毛よ。なにも生み出さないし、誰も幸せにしないんだから。許さなくてもいいの、忘れなくてもいいの、ただ受け入れるの。受け入れることができれば楽になるわ。そうして初めて自分の人生を取り戻せるの。経験済みの私が言ってるんだから間違いないわ」

「杏子ちゃんは……凄いね」

「凄くなんてないわ。私がどれだけ怒って、傷付いて、落ち込んだか――お義兄さん、知ってるでしょ。自分の心が壊れると私は本気で思ってたんだから。でもなんとか息を吹き返したわ。受け入れたからよ。自分の人生を生きたいと思えたの。自分の人生にあいつのダンスが必要だというのは癪《しゃく》だけど、そこだけ利用してやるって考えたら、気持ちを抑えられたわ」

「僕は杏子ちゃんのように強くない。僕は悦子を失った。同時に僕は自分の人生も失ったんだろう。自分の人生を取り戻したいと思わないし、そうする必要があるとも思えないよ」と米山は正直に語った。

「姉さんという大切な人を失ったけど、お義兄さんにはダンスが残っているじゃないの。哀しさに目が曇って、これまで大切にしてきたものが見えなくなっているのね。ちゃんと見なくちゃいけないのは現実もよ。貯金を取り崩すような生活を、いつまでも続けられる訳じゃないんだから稼がないと。お義兄さんが稼ぐっていったら、ダンスしかないでしょ？」

米山は一つ息を吐いて白い花瓶へ目を向けた。

12

「もう少し下だ」大塚は指示を出す。「今こりこりっとした背骨に指を当ててるだろ。その一個下の背骨だ」

「ここかい？」綿谷《わたや》洋司《ようじ》が背後から聞いてくる。

「そこだ」思わず大きな声を上げた。

綿谷が、大塚が指定した場所に火の点いた灸《きゅう》を貼った。

さっそく大塚の肩の辺りがじんわりとしてくる。

上半身裸で胡坐を掻く大塚がいるのは、幼馴染の綿谷が営む魚屋の二階にある居間だった。

二階にはこの他にもう二部屋があり、三階にも二部屋がある。ここに綿谷は独りで住んでいる。今でこそ建物全体がひっそりとしているが、昔ここは戦場だった。綿谷が貰った嫁と、彼の実母との折り合いが非常に悪かったのだ。嫁姑戦争は激しく長く続いた。綿谷の母親は気の強い人だった。夫を早くに亡くし、女の細腕で店を続けながら子どもを育て上げるには、その勝気さが必要だったのだろう。そこに母親そっくりの性格の嫁が来てしまったのだから、衝突しない訳がなかった。更にまずかったのは綿谷がとにかく気が弱いことだった。綿谷はビビるばかりで、四六時中謝っていて二人を取り成すことなどできなかった。やがて我慢の限界を超えた嫁が、娘を連れて出て行ってしまった。残された綿谷は母親と二人でこの家に住み、魚屋を続けた。その母親は二年前に亡くなり、今は綿谷一人で魚を売っている。

大塚はコンビニで買ってきたカレーのラップを剥がし始める。蓋を外した途端、一気にカレーの匂いが立ち上った。すぐにスプーンで掬《すく》って口に運んだ。

「そんなに急いで食うなんて、よっぽど腹が空いてたんだね」と綿谷が言った。

「あぁ。腹ペコだったんだよ。後で胃がもたれるとわかっているんだが、つい、あると選んじゃうんだよな。コンビニのカレーって」

「最近食欲が増しているようだね」

「そうか？」

「そうだよ。よく食べるようになったよ」

大塚は首を捻った。「そうかもな」

「どうして？」

「えっ？」

「どうして食欲が増したんだ？」

「どうしてって……そんなのわからん。腹が減るから食べる。それだけだ」

大塚はスプーンでルーを掻き集めてから、それを白飯に掛けた。ひと口食べると、烏龍茶のペットボトルに手を伸ばした。その時、綿谷と目が合った。じっとりとした目で大塚を見つめてくる。

「なんだよ」と大塚は訝《いぶか》しんだ。

「ほどほどにしろよ」

「えっ？」

「わかってるんだよ、俺は。だからさ、ほどほどにしろと言ってるんだ」

バレたのか？ 俺が社交ダンスをやっていることを。どうしてだ？ なんでバレた？ ダンス用の靴など、家に置いておけねぇものはスーツケースに入れて、ここに置かして貰っている。だがしっかり鍵を掛けてある。うっかり掛け忘れたのか。いや、暗証番号がまずかったのかもしれねぇ。自分の誕生日なんかにするんじゃなかった。

俺の誕生日を知ってる綿谷なら、簡単に開けられちまうじゃねぇか。いや、違う。そうじゃない。人の持ち物を勝手に開けるなんて、そんなことをするのは卑怯だ。人間のクズだ。そこが問題だ。そんなヤツだと思ってなかった。なんだよ、その顔。心配そうな顔を作っちゃって。本当は笑うのを必死で堪えてるんだろ。参ったなぁ。物凄く恥ずかしい。だが……だが楽しいんだ。音楽に合わせて踊るのは最高なんだ。解放される気がするんだよ。家族とか会社から。責任とか役割とか、そういうものから。

綿谷が神妙な顔で続ける。「軽い気持ちの浮気なのかもしれないが、もし奥さんにバレたらどうするんだよ。哀しむよ。まー君は自分じゃわかってないのかもしれないが、恵まれてるんだからね。家庭を大切にしなくちゃ。壊しちゃダメだ。息子と孫と一緒に暮らしてさ、まー君は自分の幸せに気付かなくちゃいけないよ。そりゃあ息子の仕事のやり方に不満はあるかもしれないが、まだ若いんだから、長い目で見てやらないと」

「……もしかしてお前、俺が浮気してると思ってるのか？」

「思ってるよ」しっかりと頷いた。

「なに言ってんだよ。なんだよ、そうか。浮気だと思ってたのか」合点がいった。

「前の時だって俺は心配したんだ。一度や二度ぐらいだったら、まぁ、お前はラッキーだなってことで話が終わるよ。だが結構長かったろう、あれ」

綿谷が言っているのは五年前の一件だ。釣り仲間に誘われて大塚は海釣りへ出掛けた。船宿の若い女性スタッフから、電話番号が書かれた紙を渡された。だが大塚は電話をしなかった。また鍋を買わされたらたまったもんじゃない。翌月別の船宿に行くと、そこに電話番号をくれた女がいた。どうして電話をくれないのだと責められた。なんと答えたらいいか困っていると、今度は女が住むアパートまでの道順が書かれた紙を渡された。そこへのこのこと行けば男がいて、金を脅し取られるといった筋書きを想像したら身震いが起きた。だがそうした危険を承知で、そこへ行ったのは馬鹿だからだろう。女はアパートで一人暮らしをしていて、強請《ゆす》ってくる男はいなかった。

それから月に一、二度、女のアパートに通うようになった。二十五も年下の女と付き合うようになっても、舞い上がりはしなかった。まるで長く連れ添った夫婦のような静けさが、二人の間には常に漂っていた。

半年も過ぎた頃に大塚は尋ねた。どうしてオッサンの俺なんかに声を掛けたのだと。すると彼女は「後ろ姿がパパに似ていたから」と答えた。父親も釣り好きだったという。亡くなった父親を自分に重ねていると大塚は知った。

ある日、彼女が働く船宿とは違う船宿で噂話を耳にした。オジサン好きの若い女がどこかの船宿にいて、客の中年男を片っ端から釣り上げている。飽きれば男を捨てるし勤め先も変える。そうやって船宿を渡り歩いている女がいるとの噂話だった。釣り客の男たちは、是非とも巡り会いたいもんだと言い合った。彼女のことだと大塚は思ったが黙っていた。大塚の胸はしんと痛んだ。

　その翌日、彼女が作ってくれたオムライスをアパートで食べた。食べながら、もうここに来ることはないだろうと大塚は感じた。なんとなく彼女もそれがわかっているような気がした。だが大塚はいつものように「じゃ」とだけ言って、部屋を出た。閉まったドアの前で大塚は佇《たたず》んだ。しばらくしてからドアにロックを掛ける音が聞こえてきた。カチャリ。その時、終わったと思った。それっきりになった。

　浮気は女房にはバレなかったが、綿谷には早い段階で気付かれた。そしてバレちゃいないのに、きっとバレちゃうよと綿谷は勝手に心配し不安がった。

　大塚は言った。「浮気なんかしちゃいねぇよ」

「だったらどこに行ってんだよ」

「……どこって……いいじゃねぇかよ、そんなことは」

「ほら、ちゃんと答えられない。家の人には釣りだって言っておいて、うちに来て、道具を置いてから行くんだから、釣りじゃないだろ？」

「…………」

「たまにうちで魚を買って帰るのは、いつもボウズじゃまずいからだろ？」綿谷が聞いてくる。

「…………」

「なんだか最近若返っちゃってるしさ、生き生きしてるように見えるんだよ。そんな部活帰りの高校生みたいに、カレーをモリモリ食べちゃったりもしてるしさ。浮気なんだろ？　大丈夫だ。絶対に誰にも言わないよ。俺の口が堅いのをまー君は知ってるだろ？　だから正直に言えよ。いくつなんだ、今度の人は。どこで知り合った？」

「だから違うんだって。そうじゃねぇって。なんでそんな顔をするんだよ。本当だって」

大塚の肩に手を置いた。「正直に話せ。楽になるぞ。俺はいつだってお前の味方だ。お前を心配してるんだよ、俺は」

大塚は卓に両肘をつき、両手で頭を抱えた。

13

田中はコーヒーをひと口飲むと、カップをソーサーに戻した。

向かいに座る米山はアイスコーヒーの入ったグラスを、面白くなさそうな顔で見つめている。

喫茶店で田中と対面しているのが不本意だといった気持ちを、隠す気はないようだった。

田中は杏子とフェイスブックで友達になっていた。米山ともう一度会いたかった田中は、杏子に相談した。すると杏子は、米山をダンススタジオ近くの喫茶店に呼び出してあげると言った。田中は杏子の計画通りに喫茶店で待っていた。やがて現れた米山に、会いたいという田中の希望を杏子が叶えてくれたことと、彼女は来ないことを告げたところだった。

米山がストローに手を伸ばした。ゆっくりとアイスコーヒーを掻き回す。だが飲まずに、その手をストローから離した。そして顔を右に向け窓外へ視線を送った。

さて、どうしたものかと田中は思案する。呼び出すのには成功したがどうやって説得したものか。一度きっぱりと断られているのだから、よくよく話をして気持ちを変えて貰わなくてはいけない。だがどう話せばいいのか——。今日という日が決まってからずっと考えてきたが、口説《くど》き方のよいアイデアは浮かんでいなかった。杏子は応援すると言ってくれていたが、こればっかりは当人がやる気を起こしてくれないとどうしようもない。私たちが下手だから教えたくないなんて話は、到底信じられない。大塚と川端は随分と怒っていたが、田中には苦し紛れの言い訳としか聞こえなかった。やる気を感じられないダンスの先生に、どうしてこうまで執着するのだろうとも思う。

だが米山の妻の読書日記を読んでしまった。ただ読んだ本の感想を書いてあるだけなのだが、その本を選んだ理由や、気持ちの変化が窺い知れて……胸に響いた。それで——ひと回り以上年下のこの男を放ってはおけないと、兄貴風を吹かそうとしているのかもしれない。

田中は今一度コーヒーを口に含んでから喋り出した。「先週の迷走台風は凄かったですな。最初は日本を縦断するという話でしたから、いろんな場所で大きな被害が出るんじゃないかと心配しましたよ。そうだ、動画があったんでした。ちょっと待ってください。これだ、これ。見てください」

田中は自分のスマホを、米山のアイスコーヒーの横に置いた。

先週の木曜日、九州に大型台風が上陸した。その台風の進路予想の線上に東京があったので、田中は準備を始めた。一週間ライフラインが止まって、物資が入手できなくなっても大丈夫なだけの備蓄はすでにしてあったので、庭木を囲ったり、役所から土嚢《どのう》を調達して家の周りに配置したりといったことだけでよかった。チヨ子によれば、息子の拓哉一家と、娘の直美一家の住まいの台風対策も完了したとのことだった。

テレビのニュース番組が関西地方に台風が上陸したと報道を始めた頃、東京の雨が激しくなった。浸水被害に遭った店主が、リポーターにボヤく姿を見ていた時だった。米山ダンススタジオが頭に浮かんだ。地下にあるし、米山がダンススタジオの台風対策をしていないように思えて、急に心配になった。米山に電話をしたが繋がらなかった。見に行くべきか、余計なお世話になるから行かずにおくべきか、迷いながらリビングをうろうろと歩き回った。どうしたのかとチヨ子に聞かれたので、米山ダンススタジオの浸水が心配だと話した。するとチヨ子が大量のゴミ袋を出してきた。これはなんだと尋ねると「袋を二重にして中に水を入れると、土嚢代わりになるそうですから、これをお持ちになったらどうでしょう」と答えた。そうだなと心を決めて家を出た。

　ダンススタジオにはすでに二人の元生徒がいて、地下の扉の前に溜まり始めていた水を掻き出していた。田中も加わり、土砂降りの中、三人でバケツリレーをした。そうしている中、次々に元生徒たちがやって来て結局八人が集まった。田中たち八人は、ゴミ袋で作った土嚢を地下のドアと一階の出入り口付近に配置し、守りを固めた。

　その時の皆の様子を撮影した動画が、田中のスマホの中に入っていた。

　米山が嫌々といった表情でテーブルのスマホを見下ろしている。やがて徐々にスマホに顔を近付けていき、覗き込むように上半身を前に倒していった。しばらくするとスマホに手を伸ばした。両手で支え持ち熱心に動画を見つめる。

　田中は米山が見終わるのをコーヒーを飲みながら待った。

　程なくして米山がスマホから目を離した。

そしてスマホを田中の前に置き「有り難うございました」と小さな声で言った。

「誰かに頼まれた訳じゃないんです。命令された訳でもありません。ただ私たちは米山ダンススタジオを守りたかったんです」

「……どうして……そこまで？」

「さぁ、どうしてなのか。母校が浸水するかもしれないとなったら、卒業生というものは駆け付けたいと思うものじゃないでしょうか。校舎を守れるものなら守りたいと。そんなところじゃないですかね。そうだ」スマホをタップする。「こっちの動画も見て貰いましょうか」

スマホを米山に差し出した。

受け取った米山がスマホを見始めると、田中は声を掛けた。「私たちビギナーズメンは週に一度、レンタルスタジオで自主練をしてるんです。下手ですよね。それは重々承知しています。先生からしたら社交ダンスではなく余興でしょう。ですが、皆楽しそうに見えませんか？　踊っている時、解放されると言ったメンバーがいました。その感覚、私にもあります。一歩だけ横にずれて、これまでのルートから外れるような感じなんです。そこからだと、周りの景色が違って見えることに気付きます。たった一歩分ずれただけなのに、自由を感じるんですから不思議なもんです。知らない自分に会ったような気がしています。私は六十二です。他のメンバーも結構年食ってます。これだけ長く生きてると色々ありました。全員にです。望み通りの人生だと胸を張って言える人は、一人もいないんじゃないでしょうか。皆、したくもない体験をしてきたんですよ。願っていた夢が破れた人。頑張ったのに評価されなかった人。信頼していた人から裏切られた人。大切な人を失った人。たくさんいます。生きるとはそういうもんですから。辛くても、しんどくても、歩いて来たんです。でこぼこ道を。お迎えが来るまでは、これからも歩いていかなくちゃなりません。大変です。だからそれぞれに耐える方法を探します。そうして見つけたそれぞれの対処法で苦難を遣り過ごして、なんとか歩き続けるんです。私たちビギナーズメンは、新たな対処法を見つけたような気分なんです。社交ダンスです。それで私たちは社交ダンスに夢中なのかもしれません」

米山がスマホをそっと田中の前に置いた。そしてテーブルの一点をじっと見つめる。

田中は尋ねる。「奥さんの読書日記はどこまで読みましたか？」

少しの間があってから「『最新の免疫療法』というタイトルの本を、今読んでいます」と答えた。

「そうですか。だとすると次の本ですな。次の本で奥さんの気持ちを先生は知るでしょう」

「…………」瞳が揺れた。

「奥さんの気持ちを知った先生が、それからどうするかが大事でしょうな」

米山が口を開きかけた。だがなにも言わずに、その口を閉じてしまった。それからゆっくりと顔を窓の方へ向けて、しばらくの間外を眺める。

しばしの時を置いて「灯りを点けて家を出るようになりました」と米山がぽつりと言った。

「それはどういうことでしょう？」

「自宅に戻った時に部屋が暗いと……ちょっとダメで。だから灯りを点けたまま家を出るようになりました」

田中はただ頷いた。

14

川端は銀鱈《ぎんだら》を割り箸でひと口サイズにカットする。そして皿の隅の大根おろしを銀鱈に載せてから口に運んだ。千円もする銀鱈定食であるからには、よくよく味わって食べようと、川端はいつもよりゆっくり咀嚼をする。

初めて訪れた店は夜には居酒屋になるようで、カウンターの背後の棚には日本酒の瓶がびっしり並んでいる。

以前の川端は社員食堂で昼食を摂ることが多かった。味は大したことないが安いからだ。だが最近は社屋の中にいる時間をなるべく減らそうとする気持ちが働いて、外出した際にはその近くで食事を済ませてから、会社に戻ることが増えていた。

昨日もそうだった。外で昼食を済ませ、社屋の正面口に向かって歩いていた。車寄せには一台の車が待機していた。回転ドアから出て来たのが伊波だとわかった瞬間、足が止まった。伊波は颯爽《さっそう》と車に乗り込んだ。黒光りする車を見ながら、取締役になると車の送迎が付く決まりだったのを思い出した。もうあいつは電車に乗らないのかと思ったら、気持ちがざらっとした。

仕事を終えた川端はふと考え付いて東京タワーに上った。ミニチュアのような街を見下ろし、スカイツリーにメンチを切った。夜景を眺めていると過去の記憶が細切れに浮かんできた。

そのうちの一つが川端が二十代だった頃に、パーティー会場で取締役の家族と会話をした時の記憶だった。取締役は自分の娘がパパのような人じゃないと結婚しないと言っているので、先が心配だよと話し一応困っているといった表情を作っていたが、すぐに満面の笑みになったので、ただの変化球の自慢話だった。その取締役が離席した時、川端は娘にお愛想ついでに声を掛けた。お父様を尊敬していらっしゃるんですねと。娘は言った。毎朝会社の車が迎えに来て、出社する姿が格好いいと。確かにその姿は格好いいよなと川端は思い、いつの日か自分もと考えたのだった。

だがそれを叶えたのは同期の伊波で、自分は退職する日まで電車通勤をするという現実に、苦い気分になった。そして伊波を祝う会に参加しなくて正解だったと思った。

首都高を流れる車のライトが線のように連なっているのを眺めながら、子どもに恵まれなかったので娘との甘い遣り取りも経験せずに終わったんだなと、自分の人生を振り返った。

銀鱈定食を食べ終えて店を出たのは午後一時だった。

地下鉄に乗り三十分ほどで会社に到着した。

正面口から社屋に入る。

右にある受付カウンターには七、八人のスタッフが並び、客の対応に追われていた。

左に置かれたオットマンに座っている三十人ほどは、担当者が来るのを待っている来訪者たちだ。

その間を進んだ川端は、ゲートのセンサーに社員証を翳《かざ》して通り抜けた。エレベーターホールに進むと、二人の男が顔を寄せてひそひそ話をしているのが目に入った。

エレベーターに乗り込む直前、その男たちへ今一度視線を送った。

二人は立ち話を続けている。

ゆっくりと扉が閉まった。

ああいうの、気になるんだよな。もう俺の話なんか出てやしないとわかり切っているんだが。いつの日か、噂話や社内の政争を無視できるようになるのだろうか。そうなった時、ほっとするのか、それとも寂しくなるのか――。最近は仕事だけをしている。誰かの失敗を誇張したり、自分の手柄を吹聴《ふいちょう》したりする必要がなくなったので、業務だけを遂行する。そうなってみると仕事はとてもシンプルだった。つまんねぇなと思う。仕事中に全然ドキドキしなくなった。淡々と毎日が過ぎていく。生きてるって感じがしない。

十二階でエレベーターを降り廊下を進んだ。

胸ポケットのスマホが震えたので、取り出して歩きながら着信メールを読む。総務からのメールには、健康診断の受診日をいつにするのか早く決めて、連絡するようにと書いてあった。

苦笑いをして胸ポケットに戻す。

川端に届くメールの量はすっかり減っていた。川端から出すメールの量も同様に激減している。以前は業務に関係のないゴシップがらみのメールであっても、その行間を読み、風の流れを読もうと必死になったものだった。

廊下のずっと先に叶を発見した。

叶が誰かに笑顔を見せてから片手を上げた。

左手に鞄を持っているので、これから外出するのかもしれない。

叶がこちらに向かって歩いて来る。そしてすぐに胸ポケットに手を伸ばした。スマホを取り出して弄り始める。

廊下の右側を進む川端の胸ポケットのスマホが、また震えた。画面を覗くと叶からの着信メールだった。思わず足を止めてメールを開く。

『米山先生が教習所の元生徒たちに、レッスンをしてくれると決まったそうです。レッスン再開です‼』と書いてあった。

おっ。

つい声が出てしまったことに慌てて、川端は辺りを窺った。

幸いなことに周囲には誰もいなかった。

すぐに顔から表情を消してスマホを胸ポケットに仕舞い、歩みを再開する。

叶との距離が縮まっていく。

ちらっと窺うと、叶は真っ直ぐ前を見て澄ました顔つきをしていた。

叶がすぐ側まで来た時だった。

叶が握り拳を自分の左肘の辺りに持ち上げた。

川端はすれ違いざま、その拳に自分の拳を当てる。そしてその手をすぐに下ろして、何食わぬ顔で歩き続けた。

15

もう誰か来ているのか。階段の最上段で米山は呟いた。

米山ダンススタジオのドアは開いていて、中から掃除機の音が微かに聞こえてくる。

米山はとんとんと階段を下り中を覗いた。

一人の生徒がコードレス掃除機を動かしていて、一人が鏡を磨いていた。

米山が靴を履き替え中に入ると、すぐに掃除中の二人から「お疲れ様です」と声が掛かった。

「お疲れ様です」と米山は答えて休憩室へ向かう。

休憩室の中央のテーブルでは、二人の生徒が談笑していた。

挨拶を交わして米山は奥の更衣室に入った。ジーンズを脱ぎ、鞄からダンス用スラックスを取り出す。

更衣室に田中の声が流れて来た。「いよいよですな。ワクワクし過ぎて昨晩はよく眠れませんでした」

誰かが自分もだと言い笑い声がした。

米山が次に聞き取れたのは、川端の「皆さん、どうもどうも」という声だった。

川端が言った。「いやぁ、しっかし我々は酷いマゾ集団ですね。優しく教えてくれる先生は山ほどいるっていうのに、米山先生に習おうなんていうんだから。あの先生はこれっぽっちも褒めないですよ。お世辞の一つも言わないですからね。そんな先生に金を払って――」

川端の話は突然途切れた。

囁き声がしばらく続き、それからまた川端の声が聞こえてきた。

「ダンスは冷静沈着な先生に習いたいと思ってたんですよ。また教えて貰えることになって本当に良かったですよ」と言う声は、さっきより明らかに大きい。

「お疲れ様です」と別の声がした。

しばしの静けさの後で、その声の主が発言する。「えー、米山先生のー、そのー、なんていうか、クールな教え方が僕は非常に素敵だと思うんですよ。あー、やっぱり、皆さんもそうですか。僕は憧れちゃうなー」

棒読みのセリフを耳にした米山は、更衣室に自分がいることが、なんらかの方法で新たな入室者に伝えられたのだろうと思った。

着替えを終えた米山は更衣室を出て、休憩室に足を踏み入れた。一瞬動きを止めた生徒たちに、歩みを進めながら軽く頭を下げて、ダンスフロアに移動した。
四、五人の生徒たちが鏡の前でステップの練習をしている。
米山は床に尻をつけて足を左右に開き、ストレッチを始めた。ゆっくり前屈し呼吸を意識しながら元に戻す。三回繰り返した後で上半身を左に捻った。左足に覆いかぶさるように上半身を倒していく。

身体のあちこちがぎしぎしと軋んでいる。

怪我《けが》で一時休んだ経験はあったが、これほどまでに長い期間に亘《わた》って踊らなかったのは初めてだった。

元のように踊れるのだろうか――。

はっとした。今僕は……不安になった。以前のように踊れなくなるのは嫌だと思った。そんな風に思うとは――。ダンスに興味を失くしていたんだが。教えることにも。それに生きることにも。前に進みたくなんかなかった筈なのに、いつの間にか歩き出していたのか。これで……いいのか？　これが、田中が言っていた生きるということなのか？　この状態を素直に喜べないのはどうしてだろう。戸惑っている。自分の気持ちが少し変化しているようだから。

十日前に、悦子が読んでいた次の本を知るため、アーカイブページを開いた。次の本のタイトルは『残される家族に今からできること』だった。本を読み終わるまでは、次の本のタイトルを調べないようにしていたのだが、田中に勧められたルールを破った。その次の本を調べたら、それも先に逝く者が、家族のためにしておくべき情報をまとめたものだった。悦子の心境の変化を米山は感じた。それまで病気や身体に関する本が続いていたのだが、残される人に興味の対象が移ったかのようだった。それは悦子が迫って来る死と向き合う覚悟を決めたから――そんな風に思えた。悦子のことだ。独り残されることになる米山を、それはそれは心配しただろう。米山は本を読まないうちは、悦子の感想が書かれたページを開かないと決めたルールも破ることにした。そして『残される家族に今からできること』の感想ページをクリックした。

この本を読んで益々夫が心配になりました。夫は私がいなくなった後も、朝起きて食事を摂ってくれるでしょうか？　普通の日常生活さえ送れなくなってしまうような気がします。夫は私より痛みや哀しみに弱いのです。映画を観ていて、可哀想な登場人物に同情して先に泣くのはいつも夫ですし、何日かして、その映画の話を私がすると、思い出してもう一度泣いたりするぐらい感受性が強い人でもあるので、心配になります。本には感謝の気持ちや、愛情を思いっきり伝えましょうとありました。本当に伝えていいのでしょうか。私がいなくなった後に夫はそのことを思い出して、また何度も泣いてしまうのではないかという不安を覚えました。本は大切な人と旅行や食事に行って、お互いのよい思い出を作りましょうと勧めています。これも私にはちょっと違和感がありました。私は夫の記憶の中に強く残りたいとは思いません。それよりも夫のこれからに寄り添いたいと願っています。死んでしまうのに、未来に寄り添うというのは変なのですが……。夫が私を思う時、記憶の中の私を思い出すのではなく、思っているその時に、私が側にいると感じて欲しいのです。そんな風に私を感じてくれるようになるまで、どれくらいの時間が掛かるでしょうか。そうして私を側に感じる回数が徐々に減っていくのを望んでいることを、夫になんと伝えたらいいのでしょう。私がいなくなった後の話をし始めると夫は怒ります。そんなことを言うなといって話の続きをさせてくれません。どうしたらいいのかわからなくて、その答えがありそうな本を選んだのですが、残念ながらこの本の中にはありませんでした。

米山は悦子の思いに触れてさめざめと泣いた。泣きながらこれまでの涙と少し違うことを感じていた。なにがどう違うのかはわからなかったが。

午後一時になり米山は全員を床に座らせた。

車座になった生徒たちを米山はひと渡り見つめる。

そして話し始める。「今日からまたここで、皆さんにレッスンをすることになりました。皆さんが社交ダンスを好きだということは理解しました。それにこのダンススタジオに、特別な思いを抱いてくれていることもです。ですが、卒業発表の時のようなダンスで、拍手を貰って喜んでいては困ります。もっと高い目標をもちましょう。目指すべきゴールがあった方が頑張れると思いますので、十一月の競技会に出場し入賞することを目標にします」

一拍の間の後で生徒たちから歓声が上がった。拍手も起き生徒たちの顔が輝く。

大塚が手を挙げた。

「はい。なんでしょう?」と米山。

大塚が言った。「パートナーには女性インストラクターがつくんですか? それともあれですか。自分らで、プロではない誰かを見つけてこなくちゃいけねぇんでしょうか?」

「なにか勘違いをされているようですね」米山は説明した。「ここにいる男十六人で、一つのチームとして団体戦に出場します」

たちまちフロアは静まり返った。

米山は側にいる筈の悦子に語り掛ける。この人たちにできると思うかい? 無茶だって? 僕もそう思うよ。だが彼らは群れるのが好きなんだ。だからそれぞれを女性パートナーと踊らせるより、男たち十六人で群舞をさせたら、迫力が出て下手さが多少目立たなくなるんじゃないかと考えたんだよ。無理は承知の上だ。なかなかいいアイデアだと僕は思っているんだがね。
「それじゃ、始めましょう」米山は皆に声を掛けた。

16

「ダメダメ」米山の鋭い声がダンススタジオに響く。「もっと早く移動してください。一二三四。これぐらいのスピードで移動しないと間に合いません。今のところ、もう一度行きますよ。さん、はい。一二三四。間に合ってませんよ。もう一度。さん、はい。一二三四。一歩を大きく。大きくするには足を強く蹴る。もう一度。さん、はい。一二三四。全然ダメ。もう一度。さん、はい。一二三四。大塚さん、僕の顔が見えますね。見えちゃダメ。ぴったり前の人に並んでいたら、僕の顔は見えないはずです。そこ、ため息ついている場合じゃありません。素早く四歩で移動。もう一度。さん、はい。一二三四。叶さん、横の人と揃えて。もう一度。さん、はい。一二三四。この足はなんですか？　左右間違えて出さない。もう一度。さん、はい。一二三四。田中さん、手は？　手もおろそかにしないでください」

　ミスを指摘された田中は自分の額に手を当てた。それから急いで元のポジションに戻る。

辛過ぎると田中はつくづく思う。健康のために始めた趣味がこんなに辛くていいのか。だが指導を仰ぎたいと訴え、渋る米山を説得して引っ張り出した手前、弱音は吐けない。米山についていくしかないのだと何度も自分に言い聞かせてはいるが、しんどいものはしんどい。競技会に出場すると聞いた時には興奮した。突然はっきりとした目標を与えられて、俄然《がぜん》やる気が出た。今になるとなんと浅はかだったかと思う。競技会に出るということを甘く考えていた。それに米山がちゃんと指導するとなったら、厳しいものになるだろうという予想ができていなかった。それまでのようなクールな指導だと思い込んでいたが、なにかのスイッチが入ってしまったかのように、レッスンが厳しくなった。それは競技会に出るために必要だからなのだろう。わかっている。頭では。だが悲鳴を上げる身体を宥《なだ》められない。心も弱気になりがちだった。先生、そこまでやらなくてもと何度も言いそうになっている。

米山がスティックを川端の腕に当てた。「腕を下げない。肩の位置まで上げて真っ直ぐ横に伸ばしてから、二の時に肘を直角に曲げる。これを全員で揃えてください。いきますよ。さん、はい。一二三四五六七八。全然ダメ。バラバラです。タイミングを揃えて。ほら、いきますよ。一二三——あー、違います違います。二ですから。二の時に曲げる。それまで曲げない。揃えば下手でも美しく見える。これを狙っているんですからね。揃えましょう。いきますよ。さぁ。一二三四五六七八――」

田中たちが挑戦しようとしているのは、社交ダンスのフォーメーションという種目だった。これは団体戦で、出場者たちは同じ振りを同じタイミングで行い、それが揃っているのが大事だった。また踊りながらフォーメーションを様々に変化させていくのが特徴で、シンクロナイズドスイミングの地上版といったところだった。これは踊り手にとって過酷なものだ。揃えることを意識して踊りながら移動して、フォーメーションを作り、またすぐに次のフォーメーションを作るために、踊りながら移動する。動画サイトにアップされていた海外の試合を見たら、八組の男女のペアが完璧にシンクロした踊りをしながら、広いフロアいっぱいに動き回っていて、マスゲームのような美しさがあった。

午後三時になって「今日の練習はこれで終わりにします」とようやく米山が宣言した。

思わず田中はその場に座り込んだ。

他の生徒たちも床にへたり込み、荒い息遣いをするだけで誰もなにも言い出さない。

田中は四つん這いで左端へゆっくり進んだ。自分の鞄からペットボトルを取り出すと、がぶがぶと飲む。むせてしまい口から水が零れた。なんだか急におかしくなって笑ってしまう。

「どうしました？」と声が掛かったので、田中は「なんだか疲れたなぁと思ったら。ハハッ。急におかしくなってしまいまして。ハハッ」と笑いながら答えた。

すると「疲れ過ぎて田中さんのテンションがおかしくなってまーす」と誰かが皆に報告して小さな笑いが起こった。

「うわっ。足攣《つ》った」と一人の生徒が言って痛そうな顔をした。そして足を前に伸ばす。

すぐに隣の生徒が、その攣った生徒の靴を掴み上半身の方へ倒すようにして、足の筋肉を伸ばすのを手伝った。

「頼むから俺の足を踏まないでくれ」と言い出した生徒は、隣の生徒から「頼むから俺の足の下に足を置かないでくれ」と返され、「なんだよそれー」と大袈裟に嘆《なげ》いた。

「終わったらビールが旨いぞと自分に言い聞かせてた」と誰かが言ったのに反応して、「俺はラーメン」と誰かから声が上がり、それを機に「肉まん」「カレー」と食べ物を挙げる遊びになっていった。

米山のレッスンが再開しておよそ一ヵ月。厳しいレッスンに皆必死で食らいついている。自主練参加者は多く、そうした練習後に皆で寄るラーメン屋や居酒屋での交流を、励みにしていると言う生徒もたくさんいた。田中も高校時代の部活帰りの寄り道のような気分で、そうした機会を楽しんでいる。

十日前のことだった。石原がやめたいと言い出した。皆で励ましたが翌週のレッスンに来なかった。補欠がいないビギナーズメンでは、一人でも欠ければ競技会に出場できなくなる。危機感を覚えた田中たちはすぐに相談し、説得隊を派遣することにした。その説得隊に田中は選抜されて、他の二人と共に石原の職場へ向かった。

昼食を摂ろうと社屋から出て来た石原をつかまえて、近くの飲食店に連れ込むと三人掛かりで説得を図った。そして一緒に頑張ろう、十六人で入賞を目指そうよと励ました。石原は仕事が忙しくなってしまったのだと小声で弁明した。そして「練習に行く時間を作れなくなってしまったので、もう自分のことは放っておいて、早く別の人を探してメンバーに加入させた方がいいと思います」と述べた。それを聞いた説得隊の二人は、声にならない声を上げて残念そうな顔をした。しかし田中は違うのではないかと感じたので石原に尋ねた。本当は別の理由があるんじゃないですかと。石原が驚いた顔をしたので、田中は自分の推量が当たっていたのだと確信した。田中はどうか話してくださいと石原を促した。

すると石原が語り出した。自分は下手だから皆の足を引っ張っていると感じていて、申し訳ない気持ちから練習が楽しくなくなってしまった。競技会で採点される時に自分がいれば高得点は望めず、自分が抜けて別の人が入った方が、いい得点になると考えたと。その瞬間、田中は自分たちが真の仲間になっていたことを知った。仲間のためにという考え方は、最高に素晴らしいように思えたし懐かしい気がした。田中は声を掛けた。「上手い人も下手な人もいて、実力がでこぼこしている。それがチームというもんです。どこのチームだってそうでしょう。全員が同じレベルなんてことはないと思いますよ。差があっても、それを含めて総合力で勝負するのが、フォーメーションなんでしょう。野球やサッカーと同じですよ。チームの中には上手い選手も、下手な選手もいますね。バッティングが上手いのがいて、下手なのがいて、守備が上手いのがいて、下手なのがいて、足が速いのがいて、遅いのがいる。そうしたそれぞれの才能を上手く活かして、総合力で勝負すればいいんですよ。私は仲間のことを大切に思ってくれる石原さんと、一緒に頑張りたい気持ちでいっぱいです。石原さんは大事な仲間なんですからな。メンバーを変えたりしたくありません。石原さんと踊りたいんです。踊ってくれませんか？」と。すると石原は目を真っ赤にして何度も頷いた。そして一緒に頑張ると誓ってくれた。それから落としの田中だの、隊長だのと呼ばれるようになった。

田中は水を飲み干すとゆっくり立ち上がった。タオルで汗を拭きながら仲間を眺める。

今年の夏はこれまでのどの夏とも違う気がした。

フォーメーションの練習を始めて、田中は生徒たちの意外な面を知った。川端に対しては、自分だけが目立つような踊りをするような印象を持っていた。だが違った。川端は皆で揃えるのに熱心だったし、田中がなかなかできないでいると、こうしたらと的確なアドバイスをくれるのだ。大塚にも意外な一面があった。米山から度々踊りに感情を込めてと言われて、そんな時には田中は困ってしまうのだが、大塚だけはそういった注意を受けない。とても情熱的に踊れるからだ。話しっぷりが下町のオヤジといった風なので、情感を込めるなんて、そんな恥ずかしいことできるかと言いそうだと見ていたが、実際は情緒たっぷりに踊れる人物だった。そういう田中はどうかといえば、踊りが自由ですねと言われている。当初は他の生徒とダンスを揃えられないことを、自由と表現しているのかと思ったのだが、どうも違うようだった。田中さんは堅実に一つひとつの振りを重ねていく感じかと思っていましたけど、そういう積み重ねでのダンスじゃなくて、のびのびと踊っているように見えるから、意外に思いましたと叶から言われた時には首を捻ってしまった。田中自身にもわかっていなかった側面が、あったのかもしれない。

石原が立ち上がり鏡の前で練習を始めた。

するとすぐに仲間の一人が石原の背後に立ち、同じ動きをして振りを揃える練習に協力する姿勢を見せる。

田中は一つ頷いてから更衣室に移動した。

着替えをして一人ダンススタジオを出たのは、午後三時半だった。

電車を乗り継ぎ四十分掛けて老人ホームに到着した。

真野はいつものように自室で、ぼうっとテレビ画面に顔を向けている。

田中は丸椅子に腰掛けぼんやりする。

そうやってしばらく時間を過ごした後で、ゆっくりと意識が現在に戻って来た。

田中は頭を左右に振ってから目元を手で擦った。

どうやら、この人に恨み言を言えないほど疲れているようだ。心底疲れていると、憎しみの感情もひと休みするのかもしれない。しょうがない。競技会が終わってレッスンが通常のものになったら、思いっきり詰《なじ》ってやるとするか。これほど疲れている時にここに来たくなどなかったのだが、先週また職員からメールを貰ってしまった。それでこうしてわざわざ来るのだから、私は結構人がいい。そもそもここの職員は私たちに介入し過ぎだ。放っておいてほしい。私とこの人は血が繋がっているだけで、家族ではなかったのだから。他人同然なのだ。普通他人に見舞いを強要したりはしないはず。なんだか苛々してきた。

「どっこいしょ」と声に出して立ち上がり、真野の財布を検める。レシートを抜き金を補充して元に戻した。

帰ろうとベッドを回り込んだ時、ロッカーの扉の隙間から布が飛び出ているのに気が付いた。扉を開けてハンガーに下がっている服を中に押し込む。その時、隅に置かれたケースに目が留まった。

これには、真野が住んでいたアパートの大家から送られて来た物が入っていると、このホームのスタッフから言われたのを思い出した。

引っ張り出してテーブルに載せた。

ケースの中には古い写真が二十枚ほど。十歳ぐらいの少年が詰め襟の服を着て、日の丸の旗の横に立っている写真があった。頭には日の丸と必勝の文字が書かれた鉢巻きをしている。

これはこの人の子ども時代の写真だろうか。戦時下であろうことを窺わせるその写真を見ているうちに、この人は戦争を経験していたのだということに思い至った。

だが真野と一緒に暮らした短い期間に、戦争の話をされた記憶はなかった。

これは私のようだ。

一枚の写真を少し遠ざけて確認する。

車の前に五歳ぐらいの田中と母親と、真野が並んで立っていた。

我が家に車なんてあっただろうか。あれば、記憶に残っていそうなんだが。

再婚相手らしき人と、娘らしき人と真野が並ぶ写真もあった。空き地のようなところで直立不動の姿勢を取る三人は、全員がカメラを冷めた目で見つめている。誰も笑っていなかった。この写真だけでなくすべての写真に笑顔はなかった。たまたま残っている写真がそんなものばかりになったのか、カメラに向かって笑うような人ではなかったのか。そういえば、この人の笑顔を見た記憶がないな。

田中は真野へ顔を向けた。

記憶の中の真野はいつも厳しい顔をしていて、近寄りがたかった。特に険しい表情で晩酌をする姿が印象に残っている。子どもだった田中は欲しい物があると母親にねだるのだが、必ず真野の許可が必要だった。晩酌中の真野に、これこれこういう物が欲しいと田中は言った。クラスの全員が持っているとか、持ってないから仲間外れにされているだとか、大切にするからとか、子どもが思い付く限りの理由を並べた。だがどんな物でも真野の許可は得られなかった。また母親は食材や日用品以外の買い物を自分の裁量でしていたが、買った日には「今日はこれを買いました」と真野に報告をさせられていた。金に細かい一家の主だったのだ。

ある日のことだった。真野が飲む透明な液体に無性に魅《ひ》かれた。毎晩真野だけが飲んでいる酒は、きっととんでもなく旨いものなんだろうと思った。だが飲みたいと言っても許されないだろうことはわかっていた。そこで真野がトイレに立った隙に、田中はグラスの酒を一気飲みした。母親は慌てた様子で吐き出しなさいと何度も言って、田中の背中を強く叩いた。戻って来た真野は事の次第を知ると、うんざりしたような顔をした。そして水を大量に飲ませろと母親に指示した。苦しくなるぐらい水を飲ませられた田中は、食卓に突っ伏した。だが真野に腕を掴まれて上半身を起こされた。真野は田中の腕を掴んだまま言った。「稼ぎもしない癖になんでもかんでも欲しがるな。酒は自分で稼いでからにしろ」と。

田中は真野から目を外して、ケースの中の薄い茶封筒を手に取った。

中にはハガキが三十枚ほど入っていた。すべて加藤敏郎《かとうとしろう》という人物からのもので、どれも細いペンで書かれていた。

孝臣君

金を貸してくれて有り難う。

借金の話をすれば、真の友かどうかわかるとある人が言っていたが、その通りだったよ。ボクが借金の話をし出すと、誰も彼もが冷たい態度を示した。だが君はなにも言わずに金を貸してくれた。君には深く感謝している。

ついては貸して貰った金で、ボクはボクの人生を切り開いていくつもりだ。君にいい報告ができるよう駑馬《どば》に鞭《むち》打ってひと踏ん張りするよ。

加藤敏郎

この人が友人に金を貸したとは……意外だな。

加藤は他のハガキで借金の返済が遅れているのを謝ったり、嫁を貰ったことや母親を亡くしたことを報告したりしていた。

だが真野がどういう返事を出していたのかも、ここにはないハガキの存在があるのかもわからないので、二人の関係の詳細はわからない。

ハガキの中には、パーティーに是非来て欲しいと書かれたものもあった。こうなったのも君のお蔭なのだから、主役の君が来てくれなきゃ話にならないと熱心に誘っていた。

今となっては、そのパーティーに真野が行ったのかどうかもわからない。

真野にどんな人生があったのか、どんな別の一面があったのかをもう知ることはない。それに田中がどんな人生を過ごしてきたかや、意外な面について真野が知ることもない。

田中はハガキを封筒に仕舞いケースに戻した。

「見るからに流行《はや》ってねぇって店構えでしょ」と大塚が美容院を指差した。

確かにネットで見た店舗写真よりも見劣りがすると田中も思ったが、だからといって入りやすいともいえない。

大塚が説明を始める。「前にうちの近くで床屋をやってたのがいるんですよ。そいつは商売を熊本だか宮崎だかの実家の近くに移して、親の介護をしてるんですが、その息子がこの美容院をやってるんです。田中さんからいい美容院はないかと相談された時に、すぐにここを思い出しましてね。腕は恐らく良くないと思うんです」

「良くないんですか？」

「良かったら流行ってるでしょ。だが田中さんは美容院が初めてだっていうし、髪を染めるのも初めてって話でしたから、気取った美容院へ行って落ち着かねぇってのより、こういうこぢんまりとした、親しみやすいところがいいんじゃねぇかと思いましてね」

「色々と配慮をしていただきまして、有り難うございます。同行までしていただいて心強いです」

「なに。俺もいいきっかけを貰ったと思ってるんですよ。白髪頭が競技会の審査に不利になるとは思いやしませんが、黒いのが揃ってた方が綺麗に見えるでしょうからね」

別に誰かから言われた訳ではなかった。先週のレッスン中に大鏡に目を向けた時、自分の白髪頭がとても目立っていると感じた。一度気になると、鏡に映る自分の頭ばかりを目が追いかけるようになった。他の仲間たちも白髪交じりがほとんどだったが、交じっているのと、真っ白なのでは随分と印象が違う。振りを揃えて統一感を見せるフォーメーション競技で、一人だけ目立ってはいけないと思った。だがいつも行っている自宅近くの床屋は形態が変わって、カットしかしなくなっていた。そこで大塚に、気後れせずに入れそうな美容院を知らないかと尋ねたところ、俺も染めると言い出したため連れ立って来たのだった。

その美容院は米山ダンススタジオがある駅の一つ隣の駅から、十分ほど歩いたところにあった。

大塚が言った。「くれぐれもお願いしますが、社交ダンスの話はしねぇでくださいね」

「はい」

「ここの店主、うちの息子や女房と今でも繋がってる可能性があるもんですから。いいですね？」

「はい。わかりました」頷いた。

大塚が美容院のドアを押し開けながら「邪魔するよ」と声を上げた。

振り返った男がぱっと笑顔になって「いらっしゃい」と言った。

店に客は一人もおらず、並んだ二つの赤い椅子は空いていた。店の隅にある観葉植物は、上の方の葉が黄色く変色し少し傾《かし》いでいる。

田中は左に、大塚は右に座った。

店主の菊池《きくち》は鏡越しに大塚とひとしきり昔話をしてから、田中へ笑顔を向けてくる。

そして「釣り仲間ですか？」と聞いてきた。

すると田中より先に大塚が「そうそう」と答えた。

菊池が田中と大塚の間に立ち、Ａ４サイズのパネルを広げた。

そこには様々な色合いの髪のサンプルが貼り付けられている。

菊池が言った。「どういう色にしましょうか？」

「黒でいいんだよ」と大塚。

「真っ黒ですか？」と菊池が確認してくる。「でも色が落ちてきた時に、黒って却って白髪が目立つんですよ。小まめに染めるんなら全然いいんですけど。色が落ちてきた時のことを考えるなら、茶色系がお薦めですよ」

「茶色はダメだ。それはそれで目立っちまうからな。いや、色落ちした時の白髪のことじゃねぇんだ。とにかくだ。黒にして貰うよ。十歳も若返ろうっていうんじゃねぇんだ。一つか二つ若返ったような気分になりてぇってだけなんだから、黒でいいんだよ」

田中は口を挟んだ。「私も黒でお願いします」

「わかりました」と菊池がパネルを脇に挟む。「なにかあったんですか？　一つか二つ若返りたくなる出来事でも？」

言葉に詰まる大塚に、田中は助け船を出す。「明日、小学校時代のクラス会があるんですよ。噂では私の初恋の人が初参加するらしいんです。今更なにもできませんが、白髪を染めて、ほんの少しだけ見栄《みば》えをよくできたらと考えまして、大塚さんに相談しましたらこちらを紹介していただいた上に、染めるのにもお付き合いいただくことになりました」

菊池が「クラス会ですか」と納得したような顔をした。「そういうお客さん、多いんですよ」

菊池が背を向けた隙に大塚を窺うと、助かったといった表情を向けてきた。

田中は小さく頷いてみせた。

明日のクラス会は咄嗟《とっさ》の出まかせではなく本当のことで、田中は出席するつもりでいる。

菊池が大塚の首に、十代にしか見えないアシスタントの男が田中の首にタオルを巻き付ける。

菊池が口を開く。「初恋の人、どんな人だったんですか？」

「器量良しでしたね。勉強も運動も出来たんじゃなかったかな。クラスの男子生徒たち皆の憧れの人でしたよ」

　あれは六年生の時だった。いつもなら目覚まし時計が鳴ってもなかなか起きられないのに、寒いと感じて目を覚ました。外を見たら雪が積もっていた。積雪を見たのは初めてではなかったのだが、なぜか気持ちが高揚して、厚着をして外に出た。裏の空き地で雪だるまを作ったり、一人雪合戦をしたりして遊んだ。ふと視線を感じて顔を上げると、そこには憧れの人がいた。伊藤《いとう》利枝子《りえこ》だ。利枝子に子どもっぽいところを見られた恥ずかしさで、思わず俯いた。すると「お早う。早いね」と利枝子が言って来た。田中はおずおずと顔を上げた。利枝子は「じゃね」と声を上げると歩き出し、学校の方向へ去って行った。それだけだったのに、田中の頭の中には「お早う。早いね」の言葉が何度も繰り返し流れた。

　その日学校に行くと、利枝子は朝のことなど忘れたかのように、いつも通り級友たちとお喋りをしていた。田中が子どものように一人で雪遊びをしていたのを、利枝子は吹聴しなかった。それを自分に好意があるからだと思いたかった。その思い込みは田中の心を幸福感で満たしてくれた。そしていつもの日よりも長く、利枝子に視線を送り続けた。

　田中は言う。「最近のことはすぐに忘れるのに、そんな昔々の小さな記憶がやけにはっきりと蘇るんです」

「俺もそうですよ」と大塚が受けた。「田中さんも俺もじゃ、皆、そうなのかもしれませんね」

「大塚さんの初恋の人は？」

「俺ですか？　初恋は……焼き鳥屋の娘だったなぁ。こっちは十歳ぐらいで、向こうは二十歳は超えてたんじゃなかったかな」

「そんな大人の女性が初恋相手じゃ、ませてたようですな」

「いやいや、俗物的だっただけなんですよ。学校帰りに商店街を歩いていると、綺麗な足が見えるんですよ。焼き鳥屋の前にベンチがありましてね、そこに娘が腰掛けて、こう足を組んで串に肉を刺してるんです。下駄を履いてましたね。それが艶《なま》めかしくってねぇ。娘は串刺しを真剣にやってるんですよ。だけどその爪先は油断してるんです。その落差が十歳の坊主には眩しかった。少しだけ速度を落として前を歩くんです。その娘が気付いてくれた時には『今、帰り？』って声を掛けてくれるんです。それが嬉しくってねぇ。嬉しい癖に、嬉しいって顔が出来ねぇんです。『うん』と答えるだけでした。串刺しに夢中で俺に気付いてくれねぇ日もあるんですよ。そんな時には寂しくってねぇ。大回りしてもう一度前を歩いたこともありました」

　強い臭いがして鏡越しに背後へ目を向けた。

手袋をしたアシスタントが器の中を掻き回している。やがてそこから刷毛《はけ》を持ち上げた。それが近付いてくると臭いが強くなった。

その刷毛が臭いの発生元のようだ。

それをアシスタントが田中の髪の内側に当てた途端、ひやっとして思わず首を竦めた。

大塚が尋ねる。「隆《たかし》君の初恋は？」

「僕ですか？　いつだったかなぁ。保育園の頃だったのか……小学生だったのか。ちょっとはっきりしません。そういえば秀樹君、保育園の時にモテモテでしたよね。それは憶えてます」

「うちの息子？」

「はい。保育園の時。子どもだからえげつないほど、はっきりしたことを言うし行動するじゃないですか。お遊戯だとか、絵を描くとか、秀樹君とがいいという女の子がたくさんいて、先生が困ったんでしょうね。僕らのクラスだけは男の子同士、女の子同士でペアにするようにしてましたよ」

「そりゃ、初耳だ。そんなに小さい頃じゃ、あいつの頭でっかち具合はバレなかったんだろうなぁ。人生のピークがそこだったのかもしれねぇなぁ」しみじみとした口調だった。

「そんなことないでしょう」田中は笑いながら声を掛けた。

「いやいや。全然冗談じゃねぇんですよ、これが」

大塚はしばしば息子の不出来を嘆く。心配なんだろう。その気持ちはよくわかる。私も随分と拓哉を心配した。大塚の場合は同じ会社で働いているようだから、猶更《なおさら》未熟な点が目についているといったところではないか。もし私が拓哉と同じ職場で働いたとしたら、どんな風になっただろうか。周囲の目を気にして必要以上に厳しくしたかもしれない。口を出せる場所にいなかったことが幸いしたと思いたい。立派にとまでは言えないが、生活ができるだけの稼ぎは得ているようなので、まぁ、よしとするべきだろう。息子にとって、自分はどんな父親だったのか。いい父親だったのか、それとも悪い父親だったのか。私が目指すべき人であった時期はあったろうか。それとも反面教師となっていたのか。知りたい気もするし、知りたくない気もする。

田中は言った。「確か息子さんは二十代でしたよね。まだまだこれからいくらだって変わっていく年齢じゃないですか。大化けするかもしれませんよ」

「大化けねぇ」大塚が渋い顔で呟いた。

元同級生の山田《やまだ》光春《みつはる》が言う。「まさか、こんなことになるとは思ってなかったんだよ。死んだ親父も思ってなかったろう」

佐々倉《ささくら》和史《かずふみ》が「まだまだ揉めそうなの？」と聞いた。

「だろうね」山田が口を歪める。「姉貴は昔っから強情だからね。自分の主張を曲げやしないだろう。それで裁判にまで行くことになったんだから。悪いことは言わない。今からちゃんとした遺言書を残しておいた方がいいぞ。うちは遺言書がなかったばっかりに、相続で大揉めするはめになったんだからな」

田中はふと顔を上げて、窓ガラスに映る自分の姿を見つめた。

すでに外は暗く、そこにクラス会会場の灯りを受けた自分が映っている。その横には相続問題を抱える山田と、佐々倉の姿も映っていた。

昨日髪を染めたお陰か、去年より若く見えるなどと出席者たちから声を掛けられていて、田中は満更でもない。

それまでは十年に一度開かれれば御の字だったクラス会は、六十を過ぎてから年に一度程度行われるようになり、また参加者も一気に増えた。

レストランに併設されたパーティールームは、立食形式に仕立てられていて、四十人以上があっちこっちで話の花を咲かせている。

昨日髪を染め終えた田中と大塚は、2ショット写真を社交ダンス仲間たちに送信した。すぐに皆が反応してくれてLINEは賑わった。皆が格好良くなったと褒めてくれた。黒いのが似合っているといったコメントには、他の仲間から、元々は黒いんだから、似合うっておかしいでしょといったツッコミが入っていた。褒められたことは単純に嬉しかった。それよりも心が弾《はず》んだのは、そんな風に自分の変化に反応を返してくれる人たちがいることだった。しみじみと社交ダンスをやって良かったと思った。そして仲間たちと出会えたことに感謝する気持ちになった。もし社交ダンスをやっていなかったら……随分と静かな老後になったことだろう。勿論髪を黒くすることもなかっただろうが。そんな決心をする必要がないのだから。そしてクラス会で昔の仲間と、思い出を語り合う時間だけを楽しみにしたことだろう。だが昔話ではなく、今の話や、これから先の話もしたい。どうしたら踊りが良くなるのか、あれこれと言い合いたい。誰かが小さな挑戦をしたら、それを皆で評価するような、そんな中にいたい。そう思った。

酔いが早く来そうだと感じた田中は、腹になにか入れておこうと、フードコーナーへ一人移動した。

十種類ほどの洋食が大皿に盛られて並んでいる。

すべて去年のクラス会と同じメニューのような気がする。店は違うのだが。

皿にピラフをよそっている時に赤い爪に目が留まった。

長テーブルの端に立つ女が大皿に手を伸ばしている。その大きなパールの指輪をした指の先が、真っ赤に塗られていたのだ。

女がミートボールをスプーンですくい自分の皿に移した。

その横顔を田中はじっと眺めた。

誰だろう。全然思い出せない。去年のクラス会を欠席した人だろう。去年見かけていたら覚えているはずだ。

女の黒地のワンピースには、濃い紫色や赤色の大きな花がいくつも描かれている。

女が田中へ顔を向けた。

互いに見つめ合う。

女の顔に徐々に笑みが浮かんでいく。

そして言った。「もしかして、田中君?」

声を聞いた瞬間、はっとした。

利枝子だった。

声は変わらなかった。昔のままだ。

外見は……すっかり変わっていた。

「久しぶりね」と言いながら利枝子が近付いて来る。「すぐにわかったわ。田中君だって」

「私のことを覚えていてくれて嬉しいよ。元気そうだね」

「ええ、まぁね。すっかりお婆ちゃんになってしまったけれど」目をキョロキョロと動かして「大きな声で名乗らないと私だってわかって貰えないわね、きっと」と続けて首を竦めた。

「お互い様だよ。小学六年の頃と同じなんてのがいたら気持ち悪いよ。だが声は変わらないんだね。声を聞いてすぐに利枝子ちゃんだとわかったよ。クラス会には初めての参加だよね？」

「ええ、そうなの。十八で日本を離れてからずっと海外生活だったから。こっちでいくつか片付けなくてはいけないことがあって——そんな時にクラス会の連絡を貰ったから時期を合わせたのよ」

「今はどこに住んでいるの？」

「ミュンヘン」

「家族と？」

「ええ。ミュンヘンには二十年住んでいるのよ。再婚した夫の仕事の都合で暮らし始めてからだから。日本に久しぶりに戻って……もっと……なんて言うか」自分の胸の前で手をゆっくり回して言葉を探す様子を見せる。「慕わしい？　日本語が錆《さ》び付いてるわ」

「懐かしいということだね？」

「それだわ。懐かしい気持ちになると思っていたの。でも全然ならないの。私が知っていた日本じゃなくなってるんですもの。前はもっと隙間があったわ。私の記憶ではね。高い建物や人の多さが違うせいかしらね。密度が濃いの。それは私が記憶してた日本じゃないわ。だから初めての国に来たぐらいの感覚なのよ」

利枝子が表情をくるくると変えながら一生懸命喋る。

それを見つめながら、昨日大塚から言われた言葉を思い出していた。本当に初恋の人に会っていいんですかと言われたのだ。俺なら綺麗な脹脛《ふくらはぎ》の記憶を守るために、敢えて再会しないようにすると。ババアになった元娘の脹脛を見たら、そっちのインパクトが強過ぎて、記憶が上書きされちまう気がしますからと、その理由を挙げていた。

利枝子が元気そうで良かったと思う。だが……大塚が言っていた通りになった。思い出の利枝子が今の利枝子に上書きされていく。それを止めたいという強い気持ちが湧き起こっている。器量良しで清楚な印象だった利枝子は、派手な肥満体型の人になっていた。化粧のせいなのか顔だけがやけに白く、首が黒い。こっちだって同じように年を取っている。それなのに自分のことは棚に上げて、その年の取り方はないんじゃないかと不満に思っているとは。なんと自分勝手なんだろう。チヨ子もすっかり年を取ったが、毎日見ているのでその老いの緩やかな変化に目が慣れついていく。だからこんな残酷さを味わわずに済んでいるということか。皆年を取る。それから逃れることはできないという事実をまざまざと見せつけられて……苦い思いになる。そして少し寂しい。

利枝子が言った。「それで田中君は？　今も仕事をしているの？」

「いや、仕事は引退したよ」

「そう。それじゃ、今はどんな生活を？」

社交ダンスを……そう答えようとして口が止まる。

恥ずかしさはない。そうではなくて……宝物を隠しておきたいような……そんな心持ちが生まれていた。

その時「利枝子ちゃん？」と声が掛かった。

その言葉に反応して利枝子が振り返った。

名乗った男に利枝子が明るい声で答える。

田中は少しほっとしたような気分で、エビフライの串に手を伸ばした。

17

会議室は六畳の広さしかない。

中央にはテーブルが一つあり、その一辺に大塚と秀樹が並んで座り、対面には従業員の松岡匡人《まつおかまさと》と星野潤《ほしのじゅん》がいた。松岡と星野の背後には十名の従業員たちが座っていて、壁に背中を預けている。

狭い部屋にぎゅうぎゅう詰めで雁首《がんくび》を揃えているのは、従業員たちがストライキを宣言したからだった。この事態を解決するため、男たちが六畳の会議室に集まっている。

十分ほど前に会議室に入る大塚たちを見た女房は「お茶でいいですか？　それともコーヒー？」などと呑気なことを聞いてきた。

話し合いがスタートしてからの十分間、大塚は腕を組み、秀樹と松岡が喋るのを黙って聞いていた。

松岡が言った。「改革も改善も大事なんだろうというのはわかってますよ。でもですね、そういうのが上手くいく業種と、却って下手しちまう業種ってのがあると思うんですよ。効率を重視すりゃ、どうしたって仕上がりにムラが出ます。だから下手しちまう業種なんですよ、ここは」

秀樹がすぐさま反応する。「効率は無視して、今まで通りにやらせろ、そうじゃなけりゃ働かないって、そういうことですか？　そんな我が儘《まま》が通ると思ってるんですか？」

「俺たちは我が儘なんて一つも言っちゃいませんよ」松岡が静かに否定した。「俺たちは秀樹さんの仕事のやり方に、賛成できないと言っているんです。世界に打って出るでしたっけ？　請負からの脱却ですか？　なんでもいいんですが、それでもって俺たちがやらされてるのは櫛の製造です。そっちに人を取られちまって、他の仕事が大変になってるんですよ。でも櫛、売れてませんよね。床屋だの美容院だのに売りに行ってるそうですが、注文は月に数本でしょ？　ネット販売もさっぱりなんですよね？失敗だったんですよ。売れないものに人をあててないで、金を稼げる仕事の方に人を回してください。そういう話をしているんです。誰が聞いたって俺たちの方が正論だ。従業員が正論を言ったら、我が儘って話になるんじゃ、こっちはやってられないんですよ」

「ちょっと待ってください。櫛の件は違う話じゃないですか。いいですか？　どんな業種だって効率アップを目指すもんです。目指さない労働者なんて許されませんよ」

「時間当たりの製造数を上げようと頑張ってみたよな？」隣席の星野に話し掛ける。

すると星野が頷いて「不良品率も上がってしまって、トータルの利益について言ったら、たいした差はでませんでしたね」と話した。

「………」秀樹が張り詰めた表情で、何度も自分の眼鏡のフレームを触った。

大塚は秀樹からテーブルに目を移した。そしてグレーのテーブルの一点を見つめる。

そうやって深く考えているように見せながら、テーブルの下の足を動かしてステップの練習を始めた。

誰も口を開かなくなり静けさが会議室を覆う。

五分ほどの時間が経って松岡が言った。

「社長。黙ってないで、なんとか言ってください。このままじゃ、俺たち本当にストライキしますからね」

その時、ノックの音がした。

女房が盆にマグカップを載せて現れた。

秀樹が「母さん、なにやってんだよ、こんな時に」と苛立ったような声を上げたが、女房は頓着せず、「コーヒーね」と言って従業員たちにマグカップを手渡していく。

「奥さん、どうもすみません」と従業員が言い、女房は「そっちに回して」と奥にいる者には、マグカップを順々に手渡していくよう指示を出した。

秀樹が「今労使で交渉中なんだよ」と説明し、コーヒーを配って歩くことのおかしさをわからせようと試みたが、女房は「あぁ、そうなの。なんだっていいわよ。飲み物ぐらい出さなきゃ」と取り合わなかった。

女房の席は会議室の薄いドアのすぐ向こうにある。

さっきまでの話はすべて聞こえていた筈だ。だが、女房はちょっと揉めているといった程度に受け止めているのだろう。女房は常々従業員は家族の一員だと言っていて、本気でそう思っているようだった。だから従業員たちがストライキをするとは思っておらず、心配もしていないのかもしれない。

全員にコーヒーを配り終えた女房は、満足気な表情で部屋を出て行った。

大塚も従業員たちを家族のように感じている。あれは女房が秀樹を出産した時だった。出血が止まらず、一時は医者からちょっと大変なことになったと言われた。大量の血液が必要だと言われたので、大塚は自分の血を差し出した。それから親戚や友人に電話をして血液の提供を依頼した。待合室に人の声が聞こえてきたので、親戚たちが到着したかと廊下に出ると大勢の人がいて、その中に従業員たちの姿があった。誰から話を聞いたのか、従業員たちは自分の家族や知り合いにも声を掛けてくれて、そうした人たちを引き連れて、血液を提供するためにやって来ていたのだ。星野は言った。「水臭いですね。まず一番に連絡してくださいよ。一番に頼られなかったことが寂しかったですよ」と。皆の気持ちが胸に沁《し》みて涙が出そうになった。

こんなこともあった。十年ぐらい前、仕事の多くが人件費の安い中国へ行ってしまい、経営が苦しくなった。必死で営業したが、景気は悪く事態は好転しなかった。遂に従業員たちの給料を払えなくなった。大塚は皆に頭を下げて、これまで通りの給料を払えなくなったので、八割にさせて貰いたいと頼んだ。辞めたい人もいるだろう。

だが退職金も今は全額を出せない。少し待って貰いたいと話した。従業員からは、給料が八割になる期間はどれくらいになるのかと質問が出た。大塚は正直にわからないと答えた。すると二割も減ったら生活はできなくなると松岡が言い出した。だから辞めるという言葉が続くのだろうと身構えた。ところが松岡の話は違った。不足分はバイトで補うというものだった。従業員たちは工場での仕事が終わった後や土日に、バイトをするようになった。この時、退職者は一人も出なかった。

ある日のことだった。車の運転中に車線規制の看板を見掛けた。道路工事のため一本の車線が塞がれていて、交通誘導員が旗を使って車を交互に通していた。松岡だった。運転手に向かって何度も頭を下げて誘導している。先輩らしき人に注意されたり、気の短いトラック運転手から、もたもたしてんじゃねぇよと怒鳴られたりしていた。工場で一番の腕をもつ職人に、俺はなんてことをさせてるんだろうと思ったら泣けてきた。なにがなんでも従業員たちを守らなくてはいけないと、心に誓った。一刻も早く会社を立て直さなくてはいけないと、それまで以上に腰を入れて営業活動をした。経営が最悪の状態から脱するまで半年掛かった。給料を全額払えるようになると、従業員たちは皆バイトを辞めた。

星野が焦《じ》れたような声を上げた。「社長。社長はどう思ってるんですか？」

大塚は足を止め腕を解く。「うちはここにいる従業員たちのお蔭で、今日まで続けてこられた。何度も助けて貰っている。皆とは長い付き合いで家族のようなもんだ。うちの家族は自分たちの仕事に誇りをもっている。どうしたらいいものができるか、会社のためになるかと考えてくれる者ばかりだ。効率を上げれば品質を保てないと皆が言うんだったら、その通りなんだ。我が儘じゃねぇ。現場の意見だ」秀樹に顔を向けた。「家族の現場の意見は受け入れろ」

　秀樹が険のある目で大塚を見返してきた。

　お前は未熟者なんだよと大塚は思う。誰もが最初は未熟者だってことを、すっかり忘れていたこっちも悪かったんだろうな。あーだこーだと小うるさいから、だったら勝手にやれと放り投げちまった。口を出さない方がやり易いだろうとも思ったしな。だがお前は天才じゃない。ぶつかるのを承知で、仕事ってものを教えてやりゃあ良かったんだろう。社交ダンスを始めた頃、あまりになんにも出来なくてどうしようかと不安になった。それはどこか懐かしい感覚だった。いつもの場所でいつものメンバーと、慣れた仕事をする毎日では感じられない心細さだったよ。だがそれは楽しさとも繋がっていた。教わって、そうか、そういうことかと理解して、何度も練習して、やっと出来た時の嬉しさっていったらなかったね。未熟者には教えてやりゃあいい。そうして成長するのを手助けしてやりゃあ、いつかはこいつも、やっと出来た時の嬉しさってものを味わえるんだろう。そうやって助けられた時に、家族の一員になれたと実感するんだろうしな。

大塚は秀樹に向かって語り掛けた。「ベテランの従業員に囲まれてやり難かったろう。お前はお前なりに頑張っていると思ってる。効率重視はもっともな話だ。だがそれは大規模工場で大量生産する場合だ。そういうところなら一つの作業の効率アップによって、全体の生産性が大きく上がる。だがうちぐらいの規模の生産量だと、少し効率を上げたところで大した差は出ねぇ。うちの規模なら効率に注意するよりも、現場の職人に任せた方が結果的には、質のいいものがきっちりと上がるんだ。だから効率のことは忘れろ。ただ新商品の開発は必要だ。未来の種だからな。だが専任者を作るってのはダメだな。請負仕事に影響がでないようスケジュール調整をして、全員で新商品の開発にあたる時間を作るようにする。うちの規模で新しいことをやろうっていう時に、担当制じゃダメなんだ。全員が考えて取り組む仕事にする。櫛は無理だ。その先が広がっていかねぇからな。どんなにいい櫛を作ったって、その良さってのがわかり難い。もっと一瞬で凄さがわかるものの方がいい。床屋や美容院に営業してるんだったら鋏《はさみ》にしろ。髪をカットした瞬間に凄さがわかって貰えるような鋏を、うちの職人たちなら作れるだろうし、少しばかり高くても買って貰えるだろう」

次に従業員たちに向けて言う。「切れ味にこだわった最高級の鋏を作るってのは大変だろうが、皆で頑張ってみてくれ。プロの理容師が使ってくれるようになったら、その次は一般の人向けに売り出せばいい。プロも使っていますと言ってな。髪の鋏で評判を取れたら布とか、野菜とか、後はどんなものがあるかな？　まぁ、切るものは色々あるだろ。そういうそれぞれ専用の鋏を開発していく。これならなんとなく先が広がっていく気がするだろ？」

松岡が深く頷き「それならいいですね」と言い、星野に「な？」と確認した。

星野も小さく何度も頷き「はい」と答えてから「社長、さすがです」と続けた。

背後の従業員たちも同調する声を上げ、部屋に漂っていた緊張感が一気に消えていく。

秀樹だけが硬い表情のままで、自分の指先を見つめていた。

コンビニから男子高校生が出て来た。

歩道に立つ大塚はスマホを耳にあてた状態で、その高校生の背中をなんとなく目で追う。

電話の向こうにいる松岡が、取引先から出た要望について喋っている。

話し終えた松岡がどうしたらいいかと聞いてきたので、いくつかの指示を出した。

電話を切って鞄にスマホを仕舞った。そしてコンビニの隣のラーメン店のドアを開けた。

すぐに「いらっしゃい」という威勢のいい声が掛かる。

狭い店内は社交ダンス仲間たちで占拠されていた。

駅の裏手にあるこのラーメン店は、いつの頃からかビギナーズメンの溜まり場のようになっている。

右端の四人掛けのテーブルに一つの空席を見つけ、大塚はそこに座った。壁のメニューに一瞬目を向けたが、すぐに「醤油の並」と大声で注文した。

小柄な男性店員が大塚たちのテーブルに来て、ピッチャーとグラスを置いた。そして四つのグラスに水を注いでいく。四人の前にそのグラスを置き並べると「氷抜きの水です」と言って立ち去った。

大塚は鞄から小さなケースを取り出して、テーブルに置く。

同席の二人の男たちもテーブルに容器を置いた。

大塚はケースの蓋を開けて中の薬を掌に移すと、口に放り込んだ。そうしてグラスの水で流し込む。

二人の男たちが同じように、薬をグラスの水で飲み込んだ。

大塚が辺りを見回すと、何人もの生徒が同じように薬を口に入れていた。

食前や食後に薬を飲む生徒たちが多いためだろう。ここの店員は飲み易いようにと、氷抜きの水を用意するようになっていた。

向かいの叶と目が合ったので大塚は言った。「大人っていうのは、矛盾と狡《ずる》さの両方をもって生きていくんだよ」

目を見開いた。「矛盾と狡さですか？」

「そうだ。血糖値を上げない薬を飲んでからラーメンを食うんだ。こういう矛盾に目くじらを立てず、辻褄《つじつま》を合わせる狡さを大人の嗜《たしな》みというんだ」

「勉強になります」と笑いながら答えた。

カウンターの中から、中華鍋とお玉がぶつかる音が聞こえてきた。

思わず大塚は唸《うな》り声を上げる。「あの音はいけねぇなぁ。ビールを連想させる音だ。だが今週はちょっと飲み過ぎてるから、今日は止めておかねぇと。ビールまでいっちゃいけねぇんだよ」

「ビールも矛盾の中に入れてしまえばいいんじゃないですか？」

「いや、ダメだ。矛盾の中にラーメンは入れられるが、ここにビールまでってぇのはダメなんだ。それもオッケーにしちまうと、全部オッケーになっちまうだろ？　だからだよ」

「線引きがオリジナル過ぎて、頑張ってくださいとしか言いようがありません」

その時「お疲れ様でーす」と声を張り上げた者がいた。

カウンター席に座る石原だった。「明日は、記念すべき自分の四十四回目の誕生日でありまーす」

仲間たちから拍手が起こった。

「つきましては」石原が続ける。「慣例に従いましてー、餃子をご馳走させていただきますので、食べてくださーい」

さっきより大きな拍手が起こる。

誰が始めたのかは今となってはわからないのだが、誕生日が近い者はこの店で、居合わせた仲間たちに、餃子をひと皿ずつ奢ることになっていた。

叶が尋ねてくる。「餃子はどうなんですか？　食べてもいい方に入るんですか？」

「入る」

「即答ですね」

「普通の餃子はダメだ。だが今日の餃子は石原の誕生日祝いの餃子だから、食ってもいい。食わなきゃいけねぇ。祝い事だからな」

「大人は色々と融通が利くんですね」

「そうだな」大塚は頷いた。

「そういえば、バランスボールはどうですか？」

「最初はこんなのにじっと座ってられねぇと思ったが、今日はそこまで大変には思わなかったな。慣れたのかもしれねぇな」

仲間からバランスボールで体幹を鍛えるといいらしいと聞いて、購入した。そしてバランスボールに座って事務机に向かうようになった。不安定なのでデスクの端を摑んで電卓を叩いていたら「髪を染めたり、ボールに乗ったり、なんだか最近、大変なようねぇ」と女房に言われた時はひやっとした。

叶が言う。「バランスボールを使ったストレッチはしてないんですか？」

「そっちもやってみたんだがダメだった。ボールに轢《ひ》き殺されそうになったよ。殺されたくはねぇから座るだけにしてるよ。そっちは？　なんかやってんの？」

「早起きして近所をランニングしています。ランニングで社交ダンスが上手くなるとは思わないんですが、後半凄くバテるので体力を付けたいなと。体力を手っ取り早く付けるには、ランニングかなと思いまして」

「確かに体力は大事だな」

レッスンはパートごとから通し稽古に変わった。最初っから最後まで踊り続ける練習だ。前回の全体練習も、本番同様に曲をかけて最後まで一気に踊り抜くものだった。生徒同士がぶつかったり、振りを忘れたりしてもそのまま通す。本番が近付いているからこその練習スタイルになった。これが身体に堪《こた》えた。前半はまだなんとか身体を動かせていても、中盤に入るとスムーズにいかなくなる。後半になれば動きは更に鈍くなった。通しが終わって肩で息をしていると、隣で田中が「自分の身体が重い」と嘆いた。大塚は自分も同じ感覚だと告げた。そして「頭ではもう少し足が伸びているし、手も上げているつもりでいるのに、鏡で見るとその半分も届いていねぇから嫌になる」と話した。すると田中は頷き、鏡の中の自分に苛立つと語った。大塚も同じだった。頭の中では出来ている踊りが、鏡の中の自分はまったく出来ていない。その現実を直視するのが辛い。それに何度やっても出来ない自分に腹が立った。

大塚は尋ねる。「ランニングの効果はどうだ？」

叶が鞄からスマホを取り出して画面を触り出した。

そしてそのスマホを大塚の前に置いた。「アプリに記録させてるんですよ。心拍数とか距離とかタイムを計測してくれるんです。それによれば徐々にタイムが早くなっているので、足が早くなってはいるんだと思います。それを体力がついてきたってことにしてもいいのかどうかは、ちょっとわかりませんが」

「自分の感覚はどうなんだよ。データじゃなくてさ」

「自分の感覚……わかりません」

「バテ難くなったとか、動き易くなったとか、そういう変化は感じてねぇのか？」

首を捻った。「感じて……ないですね」

秀樹みてぇなヤツだな。まず勉強しちまうんだ。それでこういう時は、こういうデータを見る、と学んじまう。自分の肌感覚ではどうなのかってことには興味がねぇのか、鈍感なのか注目しない。もっと自分の五感を大事にした方が、上手くいくような気がするがな。ただ……こんだけ簡単に情報を取れる時代になっちまったら、それを無視しろっていうのが酷な話なのかもしれねぇな。叶だって叶なりに頑張ってはいる。そこはちゃんと評価してやらなくちゃいけねぇんだろう。早朝ランニングを始めたっていうんだし、コンタクトレンズデビューもしたしな。大塚さんと田中さんが髪を染めた画像を見て、僕も決心しましたとＬＩＮＥが来たから、なにかと思ったら、コンタクトレンズの装着のことだった。自分の人生において、目に異物を入れるなどあり得ないと思っていたが、ダンサーの中で眼鏡の人物は目立ってしまうと考え、挑戦を決めたらしい。ま、その心意気は買うがな。

　大塚はふと浮かんだ疑問を口にする。「社交ダンスは楽しいか？」

「えっ？」目を真ん丸にした。

「社交ダンスは楽しいかって聞いたんだよ」

「なんか、質問が真っ直ぐ過ぎて、ちょっと狼狽《うろた》えてしまいましたけど——楽しいです。もう生活の中にしっかり組み込まれたっていう感じです。ダンスが楽しいだけじゃなくて、そのためにランニングを始めた自分も、イケてる感じがして好きですし、こうやって人生の先輩たちとラーメン屋にいるのも楽しいです。なんていうか……安全な気がして」

その時「お待たせしました」と声が掛かり、店員が餃子の皿を置いた。

大塚はすぐさま割り箸に手を伸ばした。

18

マズい。かなりマズい。

川端は唇をぐっと嚙み痛みを堪える。そして窓外の景色に目を向け、電車がどの辺りを走っているのかを確認した。今は駅と駅の中間辺りだとわかり、がっかりしてうな垂れた。

その時、また腹に痛みが走った。

我慢しろ。川端は自分を叱咤する。

さっきから感じている下痢の信号が、どんどん強くなっていく。もう肉体的にはノックアウトされているのだが、気力だけでなんとか持ちこたえているというほどの切迫度だった。

早く駅に着いてくれ。

寒気がするのに顔には汗が浮かぶ。

そうだ。

駅のトイレの場所を検索しておこうとスマホを取り出した。

また来たっ。

歯を食いしばり痛みの大きな波を堪えてから、スマホをタップした。だが手が震えて、目当ての箇所に指を当てられない。何度も遣り直す。

間もなく駅に到着するとアナウンスが入った。

よしっ。あと少しだ。頑張れ、俺。気を抜くなよ。ここからが大事だからな。

電車が速度を落とし始めた。

ドアの真ん前に移動しジリジリと開くのを待つ。

電車が停まりドアが開き始めた。

身体を捻って隙間に肩を入れる。そして肩で押し開けるようにして飛び降りた。案内板まで走り、トイレの位置を確認すると階段を駆け上る。清掃中と書かれたパネルを跨《また》いで中に進むと、男性清掃員に「緊急事態なんで」と言って個室に入った。

間一髪で危機を乗り切った川端は、少し涙目で個室を出た。

「すみませんでした」と清掃員に声を掛けると、「はいはい」と受け流された。

ホームに戻った川端は放心状態でベンチに腰掛ける。

昨夜というか、今朝方までの酒が原因だろうか。飲み過ぎたか、それとも寿司がいけなかったのか。もし昨夜のメンバーの中で他にも腹を壊したのがいるとしたら、食中毒が原因ということになる。

川端は昨日同席した部下の江口健吾《えぐちけんご》と本多《ほんだ》あゆみに、腹の具合を尋ねるメールをスマホから送った。

昨夜は外国の要人を接待した。公式な肩書きは一企業の社長とその妻だったが、王族と血縁関係があり、その国では大きな権限をもつ人物だった。会社で社長との商談を終えた後で、皆でホテルに向かった。夕食にはホテルの中の寿司店を予約してあったからだ。そこに歌舞伎と買い物を楽しんだ夫人が合流した。ずっと同行していた本多からは、夫人はとても満足した様子だったとの報告を受けた。非常に和やかな雰囲気の中で食事はスタートした。

そうして一時間ほど経った頃だった。夫人の機嫌が急降下した。夫人がそれまでに何度も夫に話したらしき出来事について、夫がまったく覚えていなかったというのがきっかけだった。不満を口にする夫人に対して、社長はそんなこと覚えていられないと言った。これが夫人の怒りを大きくさせてしまった。あなたはいつもそうなんだとなり、私はずっと虐《しいた》げられてきたとなじる展開になり、やがてあの女の話だったら聞くのかと登場人物が増えた。川端たちはなんとか場を元に戻そうと何度かトライしたのだが、黙ってて夫人から言われてしまい、ただ座っているだけになった。

結局夫人は食事の途中で席を立ち、一人で部屋に引き上げてしまった。二次会には夜景が見事な和風バーを予約していたが、キャンセルした。そして本多は帰らせて、社長と川端と江口の男三人だけでショーパブに行った。社長は大喜びしそれまでで一番の笑顔を見せた。名残惜しそうな社長を、なんとかホテルに送り届けた時には午前二時になっていた。

自宅が同じ方向の江口と一緒にタクシーに乗り、五分も経たない頃だった。川端のスマホに電話が入った。たった今別れた社長からだった。妻の様子がおかしいので助けて欲しいという。すぐにUターンして部屋に行くと、夫人がぶつぶつと独り言を呟きながら、社長のジャケットを鋏で切っていた。どこで手に入れたのかそれは大きな鋏で、夫人が動かす度にシャッシャッと鋭い音がした。裁断は書類から始めたらしく、辺りには切り刻まれた書類が散乱していた。あれこれ話し掛けながら夫人に近付き、驚かさないようにしてそおっと鋏を取り上げた。それから夫人をなんとかベッドに入れて、社長には急遽《きゅうきょ》用意した別の部屋を宛てがった。

それから帰宅するために、今一度江口とタクシーに乗った。午前三時になっていた。乗車してすぐに、こういうことは本当に必要なことなんですかと江口が聞いてきた。川端は必要なんだと答え、交流しておけば情が生まれるからだと、その理由を説明した。「情は必ず味方をしてくれるんだよ。最終決断の前に迷いがあったとするだろ。そういう時にあの人がそうまで言うなら、契約するかといった後押しをしてくれるのは情なんだ。国によっては、そこの法律よりも誰の知り合いかが大事な場合がある。これは誰の情を得ているかということなんだ」と川端は言って聞かせた。江口は「情ですか」と繰り返しただけで、それ以上は質問してこなかった。だから川端の方から口にした。「非効率だと思ってるんだろう」と。最近の若い者はなにかというと「それ、効率的なんですかね？」と言う。そして自分でやらずに、システムやアプリに任せたがる。そうした方がいいケースは多いし、これからどんどん増えてもいくんだろう。だが情の価値がゼロになることは決してないと川端は信じていた。

電車がホームに滑り込んで来た。

立ち上がり腕時計で時間を確認する。それから鞄に手を入れてスマホを取り出した。江口と本多から返信が来ていた。その文面によれば二人共体調に問題はないようだった。

俺だけか。

川端は心の中で呟き電車に乗った。自分の腹に手を当て「頼むから大人しくしててくれ」と念を送った。

痛みは治まったとはいえ、完全な凪《なぎ》状態とまではいえない。時折大腸が屈伸運動をしているような感覚があった。

吊り革に摑まり中吊り広告を見上げた。

真相や疑惑、スクープがてんこ盛りらしい週刊誌の広告だった。ある俳優の名前と離婚の真相を激白といった文字が一番大きく、特に目立っている。

ふと、昨夜ジャケットに鋏をいれていた夫人の姿が思い出された。

自分がした話を覚えて貰えていなかったことが、哀しかったんだろうな。わかる。俺もそうだ。喋ったことのすべてを記憶しておけと言っている訳じゃない。ただ凄く大事な話や、とびっきりのネタがらみの話は憶えておいて欲しい。聖子に前にした話を繰り返している時、虚しくなる。こうして今話していても、どうせまた忘れるんだろうなと思うからだ。俺のデータを蓄積する場所がないんだ、聖子には。それは人生のパートナーに対して無礼だろう。だから夫人の気持ちはよくわかる。今度同じ目に遭ったら、俺も聖子の服を切り刻んでみるかな……その服の代金を請求されるだけの気がする。何年も着た癖に、買った時の値段を提示してきそうでもある。聖子に俺の気持ちを伝える方法は――ないのかもしれない。

川端は鞄からワイヤレスイヤホンを取り出して耳に装着した。スマホをタップして動画を開いた。

そしてレッスンの様子を撮影した動画を再生する。

イヤホンから流れてくる音楽に合わせて、心の中でカウントを取った。一二三四、一二三四、一二三四五六七八……ここだ。ここで上半身がブレる。回転しながら進むことが、こんなに難しいとは思わなかったんだよな。

高速で移動するのもなかなか大変なのだが、更に途中で右に回りながらといった動きを同時にしようとすると、軸がグラグラになってしまう。全員がグラグラになるもんだから、ここで一気にラインがバラバラになる。

回る時の右足が悪いのか。いや、左足の方だろうか。

一二三四五六七八。カウントを取りながらその場で右足に体重を乗せる。そして右肩を後ろに引くようにして、左足を前に出す。

その時、川端の靴先がなにかに当たった。前に座る男の靴だった。

はっとして「すみません」と謝った。

いかん、いかん。つい夢中になって電車の中だというのを忘れていた。

川端はスマホを握り直してから、再び動画に目を落とした。

川端は顔の前で合わせていた手を下ろした。そして隣の田中へ顔を向けた。

田中は目を瞑《つむ》り両手を合わせてまだ祈っている。やがて目を開けて両手をゆっくり下ろした。

そして川端に向かって「しっかりと祈りました」と報告してきた。

米山ダンススタジオから歩いて十五分ほどの所にある神社に行って、競技会での好成績を祈願してくるつもりだと、メールの最後にちらっと書いたら、田中が自分も一緒に行きたいと言って来た。そこで駅で待ち合わせをし、二人で神社を訪れたのだった。

ここは天鈿女命《あめのうずめのみこと》を祭っている神社で、踊りにご利益があるとサイトには書かれていた。

石段を下りながら川端は言う。「絵馬を奉納しましょうか？」

「いいですね。そうしましょう」と田中が賛成した。

小さな社務所があり、お守りやステッカーなどが売られていた。

売り場の中央に絵馬を見つけた。

その値段を見た川端は思わず「千円」と大きな声を上げる。

そして田中に「千円もしますよ、絵馬」と教える。「牛丼二杯分以上ですよ。四、五百円ぐらいのもんかと思ってましたよ。それが千円」

「それが神様の値付けなら文句は言えませんな。ここは私が支払いましょう」と鞄から財布を取り出した。

「いやいや。俺が払いますよ。元々俺が言い出したんですし、一人で来るつもりだったんですから。そうしたら当然俺が千円を払っていた訳ですから。思っていた価格の二倍もしたので、ちょっと不平を口にしましたが、出し渋ってるって訳じゃないんです。驚いたってだけなんです。いや、本当に。俺が払いますって」

少し揉めた後で、結局五百円ずつ出し合って一枚の絵馬を購入した。

売り場のスタッフから借りたサインペンを握り、川端は言った。「まずはタイトルを書くべきなんでしょうか？」

「タイトル？」

「商売繁盛とか家内安全とか、四文字のやつですよ」

「あぁ、四文字のですね」掛所に下がっている他の絵馬に目を向ける。「皆さんタイトルを書いているようですね。私たちもタイトルを書いた方がよさそうですね」

「なんて書きましょうか？」

「そうですねぇ」田中がしばし考えるような表情をしてから口を開いた。「合格祈願というのはおかしいから……心願成就はどうですか？」

「だったら大願成就にしませんか？　でっかい願いってことで」

笑顔になった。「そうしましょう。私たちのとてつもなく大きな願いを、聞いて貰わないといけないんですからな」

川端は絵馬の裏に大願成就と書き、その下に競技会での入賞と願いを具体的に記した。一番下にはビギナーズメンとチーム名を入れる。それを掛所に吊るしてスマホで撮影した。そしてメンバーたちに送信した。

神社を出てダンススタジオへ向けて歩き始めた。

左右には住宅がびっしり建ち並んでいる。そして道路には、スクールゾーンという文字が大きく書かれていた。

田中が言い出した。「川端さんは信心深いんですか？」

「はい？　あぁ、神社にと言い出したからですか。いえ、全然信心深くありません。一昨日、ニュースを見てたんですよ。そうしたらロケット発射を見守る管制室が映ってました。スタッフたちが固唾《かたず》を呑んでモニターを見つめてました。そこでチーフだという人が手を合わせて祈る格好をしたんです。それを見た時に、科学の最先端にいる人でも最後は神頼みなんだなって思ったんです。だがまぁ、気持ちはわかるなと。それに神頼みするってのは悪くない気がしまして。それで調べてみたんです。そうしたらスタジオの近くに踊りにご利益があるっていう神社を見つけまして、それでなんです」

「神頼みは大事です」と頷いた。

実感の籠《こ》もった言い方だったので「神頼み、よくするんですか？」と尋ねた。

「よくではないです」田中が否定する。「したことがあるといった程度です。なに、昔のことです。会社員時代に酷い上司がいましてね。彼は最悪の上司でした。無能なだけでなく、部下の仕事の邪魔をするんですよ。それに取引先からも信用されていませんでした。当時契約して貰おうと、何度も通っていた会社がありました。そうして、なんとかそこと契約が取れそうな段階に進みました。そうしたら上司が自分も同行すると言い出したんです。俺が行って契約を取ってやると息巻いて——冗談じゃありません。それまでの苦労を台無しにするに決まっています。そういう目に遭った社員たちを何度も見ていましたのでね、結果は明らかでした。信頼しない人とは仕事をしないという考え方のオーナーで、初対面の人から営業されても契約には至らないと思うと私は言いましたが、俺の腕前を見せてやると却ってやる気を増したようでした。それで神頼みしたんです。会社の近くの小さなお稲荷さんに行きまして、同行させたくないので上司を事故に遭わすか、病気にしてくださいと願いました」

「どうなりました？」

「先方に行く日の朝に上司から連絡がありました。高熱が出たので休むと」

「神頼み、効きましたね」

「まぁ、偶然ですよ。偶然ですが、願いが叶ったという風に考えようと当時は思いました。上司がいなかったお蔭で無事契約もして貰えましたしね、私としては万々歳でした。ただ夜になりまして落ち着かなくなりました。いくらなんでも事故に遭うよう願うというのは酷かったと、反省する気持ちになったんです。それでまたお稲荷さんに行きまして、事故に遭わせてくれと祈るのはやり過ぎでした。すみませんでしたと謝りました。でも病気にしてくれて有り難うございましたと礼も言って、前回より多い額の金を賽銭箱に入れましたよ」

なんだか意外な気がした。事故に遭えと祈るような、ブラックな面が田中にもあったとは。それを後でやり過ぎでしたと謝りに行くというのは、いかにも田中らしいが。こういう人生の先輩に会社でのことを聞いて貰えたら……いいアドバイスをくれるんじゃないだろうか。組織の中で働く苦労を田中なら理解してくれそうだし。聖子と違って俺の話を覚えていてもくれそうだ。だが……それには、こっちのことをありのままに話さなくてはならない。そうじゃないと田中が俺の現状を理解できないから。恥ずかしいことや、口惜しいことを俺は話せるだろうか。惨めな気持ちを抱えていることを、正直に語れるだろうか――。

T字路を左に曲がった。

頭の高さのあたりまで枝が伸びている。

屋敷内の樹が枝をブロック塀の外まで伸ばしているのを、そのままにしているのだ。

川端は手で枝を払いながら前に進んだ。

田中が言う。「川端さんが前回神頼みしたのはどんな時でしたか？」

「前回……どんな時だったかな。今でもはっきりと覚えているのは、就職試験の時の神頼みでしたね。行きたい第一志望の会社があったんですよ。その最終面接の前に近所の神社に行きました。そこは大学受験の前に親と一緒にお参りした神社でした。そこで買って貰ったお守りを、筆箱に入れて受験しました」

「ご利益はありましたか？」

「いいえ。第一志望の会社は落ちました。第二志望だった今の会社には入れましたが。実は大学も第一志望はダメだったんです。第二志望の大学に進学しました。そこの神社は一番目ではなく、二番目の希望を叶えてくれる神社だったのかもしれないと、思った記憶がありますよ」

「二番目の夢が叶うなら、そこは物凄くご利益がある神社と言えるんじゃないですか？」

「そうでしょうか」川端は首を捻った。「俺は一番になれない、そういう人生のようです」

「いつになく弱気な発言ですな。一番の人生より、二番目や三番目や十五番目の人生の方が、楽しそうじゃないですか」

「………」

「一番には一番でしか味わえない喜びがあるんでしょうが、それと同じくらいの不安を抱えているんじゃないでしょうか。わかりませんか？　いつ落ちるだろうかとか、目指すものがなくなってしまうとか、そういうことです。人生はいいところだけを受け取るっていうのは出来ないようになっていると、前に読んだ小説で主人公が言っていました。いいことと悪いことは必ずセットになっているとね。私もそう思います。だから一番の人を羨む必要はないんです。幸せそうに見えても、実は酷い苦労も背負っているはずなんですから」

どうしてだろう。気持ちが少しだけ軽くなった気がしている。小説にあったという受け売りのセリフを聞いただけなんだが……。

川端はアスファルトを見ながら足を進めた。やがて大通りに出ると右に折れた。

五、六頭ものチワワを引き連れて歩く老女が、向こうからやって来る。

川端と田中は、その犬を避けるために歩道の端に寄った。

チワワチームとすれ違った時に田中が喋り出した。「さっきの話、ちょっと誤解を招いてしまったんじゃないかと思うので、補足させて貰うと、一番を目指して努力をするのは無駄だといった話ではないんですよ」

「わかってますよ」

「そうですか？　でしたらいいんですが」

「目指すのは一番。そのために努力する。今の俺たちのように。神頼みもする。ただし精一杯頑張った結果が望むものではなかったとしても、腐る必要はない。そういうことですよね？」

「その通り」ほっとした表情をした。「良かったです。ちゃんと伝わっていたようなので。神頼みもしたことですし練習を頑張りましょう」

「はい」

川端はしっかりと頷いた。

19

米山は両手に持った紙をじっと見つめる。

そこには靴棚の組み立て方が描かれているのだが、非常に不親切なものだった。完成した棚のイラストがあり、どこにどのネジを使用するのかが、ＡＢＣと振られたアルファベットで示されているだけで、どういった順で組み立てていけばいいのかといった説明はない。

米山は紙を裏返した。

なにも書かれていない。

これはちょっと大変なものを買ってしまったのかもしれない。

ネットで見つけた靴棚は、自分で組み立てるタイプのものだった。一人でやっても十五分で完成するとあったので、なんとか出来るだろうと思って購入したのだが。

ダンススタジオの靴棚が崩壊してしまったのは先週だった。それは前の所有者から譲り受けたもので、かなりの年季物だった。

取り敢えずやってみるしかないか。

たくさんある板のうち二枚を摑んだ。それを直角に合わせて穴にネジを差し込んだ。付属のドライバーでネジを回す。

するするとなんの抵抗もなく入っていく。

こんなのでしっかりした棚が作れるのだろうか。

「お疲れ様です」と声がした。

顔を上げると入り口に大塚が立っていた。

不思議そうな表情を浮かべた大塚が聞いてくる。「なにしてるんですか？」

「靴棚を買ったんです。壊れてしまいましたから。それで組み立てようとしているところです。でも説明書が不親切なんですよ」

「説明書っていうのはそれですか？」と床の紙を指差した。

「そうです」

大塚が屈んで紙を摑んだ。

そしてちらっと紙を見てから言った。「それでまたどうしてその板二枚を？」

「それは」米山は一瞬言葉に詰まる。「なんとなくです」

「手伝いましょうか？」

「有り難うございます」

「随分と嬉しそうな顔をしますね」

「実はこういうの苦手で」

「そのようですな」

大塚が板を一枚選び取った。更にもう二枚の板を迷うような素振りを見せずに選んで、持ち上げた。

一方の米山は大塚の指示通り二枚の板を支え持った。

大塚がネジを穴に差し込みドライバーを回す。

その美しいほどの手さばきに米山は声を掛ける。「上手ですね」

「上手もなにも。ただ組み立ててるだけですよ」

「いやいや。僕からしたら充分凄いお手並みです」

「子どもの頃にプラモデルを作ったりは？」

「プラモデル」米山は思わず繰り返した。「苦手でした。好きじゃなかったのに大人たちがくれるんですよ、プラモデルを。でも箱に印刷されているような完成品にならないんですよ、僕の場合。図工の授業も大嫌いでしたね。大塚さんはプラモデル、得意でしたか？」

「得意ってほどじゃねぇが、まぁ、作るのは好きでしたね。得手不得手ってぇのは色々あるもんですな」

「そうですね」

あれは中学三年の美術の授業だった。木片で建物を作るよう言われた。各自の作品は架空の街の模型の中に置かれて、文化祭で発表するという。教師からそう聞いた時、米山は即座に嫌だなと思った。自分が作ったものの出来は大体想像できる。皆の作品の中で、自分のが悪目立ちするだろうと予想して暗い気持ちになった。それでも自分なりに精一杯取り組んだが、やはり出来は酷かった。米山は街の中に自分の作品を入れたくないと教師に言ったが、友人らはむしろ真ん中に置いて、シンボルにした方がいいんじゃないのかとからかってきた。情けなかった。皆が普通に出来ることが、自分は出来ないことが哀しくもあった。結局米山の作品が街の模型のどの辺りに置かれたのかは覚えていないが、一時期ピサというあだ名を付けられたことは脳に刻まれている。

大塚がそっちから押して欲しいというので、米山は板にぐっと体重を掛けた。

ドライバーを動かしながら大塚が口を開いた。「ここの経営は大丈夫なんですか？」

「経営ですか？」

「自主練にいつ来たって、ビギナーズメン以外の生徒に会ったことがねぇから。未だにうちら以外の生徒を取ってねぇっていうんじゃ、経営が大変になってるんじゃねぇかと思いましてね」

「まぁ、今のところはなんとか」

「生徒の募集してるんですか？　ここのサイト、全然更新してねぇでしょ。そういうの見て、もうやってねぇスタジオだと思っちまうのかもしませんよ」横に渡した板をトントンと叩く。「なに、ここが潰れたりしたら困るもんでね」

「ここをローンで買ったとか、借りていて賃料を支払っているとか、そういうことだったら大変だったと思います。でもここは、引退する先輩から格安で売って貰ったんです。格安の条件が即金ということでしたから、それで。そのお蔭でなんとかなっています」

「大丈夫だってぇならいいんですがね」大塚が小袋からネジを取り出して穴に入れる。

「随分昔に観た映画だからうろ覚えなんですが、ドイツだかオーストリアだかの田舎町が舞台でしてね。そこで素人が楽団を作るんです。コンクールに向けて練習をしていた貸しスタジオが潰れそうになって、皆でカンパを募ったり、働いたりして金を工面するために右往左往するって話でした。それをちょっと思い出したもんですからね」

「その映画、僕も観ましたよ。楽団メンバーは四十代より上ぐらいの人たちなんですけど、一人だけ十歳ぐらいの男の子がいましたよね？」

「そうそう。いましたな、それぐらいの子が一人。ちょっといい映画でしたよ」

「そうでしたね。確か指揮者の人がカウントを取る練習のし過ぎで、腱鞘《けんしょう》炎になってしまうんでしたよね。三角巾で吊って練習に現れるんですけど、メンバーは誰もなにも言わないというシーンを覚えてます。利き手ではない腕でカウントを取るから動きが鈍くなっているのに、演奏はいつも通りのスピードでできてしまうんです。メンバーはそもそも指揮者のカウントを無視して演奏していたというのがわかる場面です。その時の指揮者役の人の、傷付いたような表情が印象的でした」

「それは憶えてねぇなぁ」遠い目をした。「俺が覚えているのは、メンバーの一人が奥さんを亡くしたところです。筋とは関係ねぇところでしたがね。葬式にメンバーが出席して言葉を掛けるんですが、有り難う、大丈夫だからと平気そうな顔をしてるんですよ。酒は足りてる？ なんて会葬者を気遣うぐらいの余裕を見せるんです。楽団の練習にも翌日から普通に参加するんですよ。それがしばらくして嫌々犬を散歩に連れて行くと、その犬を知ってる人たちから声を掛けられるんです。それで奥さんの日常を知るんです。どこで寄り道をして、どこで喋って、どこで買い食いしたかといったことをね。奥さんはもういねぇって事実から目を背けていた男が、初めて現実と向き合うってぇ場面でした。それで男は耐えられなくて道の真ん中で泣くんですよ」

「……そのシーンは……全然覚えていません」

「本筋じゃありませんでしたからね。そのシーンを観た時に親父のことを思い出したんです。だから記憶に残っているんでしょう。親父が死んで一週間後ぐらいに、近くの居酒屋に行ったんですよ。そうしたら親父が入れたっていうボトルを、店員が出してきたんです。俺に飲めと言ってね。頼んじゃいねぇのに、親父が好きだったというツマミまで出してきたんですよ。そん時に親父が生きていたってぇことを、見せつけられたような気がしたんです。証《あかし》なんて御大層なもんじゃねぇんだが、親父の日常生活があって、その中にはこの店でくだを巻くってのもあったんだなと。そうしたら、もういねぇんだなぁと、死んだってことがはっきりとしましてね。寂しいなぁと思ったんです」

　大塚がドライバーを床に置いた。そして強度を確かめるように棚を左右に揺すった。背後に回り、一番下のネジにドライバーを当てる。それを回して締めをきつくすると、その上のネジにもドライバーを当てて回した。立ち上がり再び棚を左右に揺すった。

　そして「いいんじゃねぇっすかね」と言った。

　完成した棚を二人で持ち上げてドアの横に運ぶ。

「有り難うございました。僕一人では完成しませんでした。助かりました」と米山は礼を口にした。

「こんなこと、屁でもありませんよ」

そう大塚は答えると更衣室へ向かった。

大塚も大切な人と死に別れた——。僕だけじゃない……当たり前か。人はいつかは死ぬんだから。そうすると、ここには先立たれた人たちばかりが残っているってことになる。田中もそんなことを言っていたっけ。こんなに寂しくて哀しい思いを、他の人たちもしている……それは凄いことだ。こんな思いに皆耐えながら生きている——。凄いことだ。

米山は棚のサイドの板に手を当てた。そうやってからふと、ダンスフロアに視線を移した。そして誰もいないダンスフロアを見つめ続けた。

「どうなの？」と米山は容体を尋ねた。

「大丈夫よ」母親の容子《ようこ》が小さく微笑んだ。「ただの風邪だもの」

「本当に？」

「そうよ。もっと重病だと思ったの？」

「父さんの電話の感じじゃ深刻そうだったから」

「信也をうちに来させるために、深刻そうに言ったんじゃない？　きっとそうよ。お腹は空いてない？　なにか作ろうか？」

「病人がなに言ってんだよ。寝ててよ。だからお茶なんていいから。ほら、ベッドに戻って」

　米山は母親を寝室に追い立てた。

　六畳の部屋の中央にはベッドが並び、右側に小さな窓がある。出入り口扉の左側には二台の洋服ダンスが置かれていた。

　母親は右側のベッドに座って、サイドボードのティッシュに手を伸ばした。派手な音をさせて鼻をかむとゴミ箱に捨てる。それから足だけを布団の中に入れた。

　母親の鼻の頭は赤くなっていた。

「病院には行ったの？」米山は尋ねる。

「行ったわ」

「医者はなんて？」

「風邪だって。薬を貰って来たわ。大量に」両手を広げて量の多さを示した。

「ちゃんと飲んでるの？」米山は確認した。

「お父さんとそっくりね。まったく同じことを、同じ調子で言ったわ。子どもじゃないんだからちゃんと飲んでますよ。もう熱も引いたし、横になっているのに飽きるぐらいに回復しているのよ。鼻だけがちょっとまだあれだけど」

「食事は？　ちゃんと食べてるの？」

「食事は……食欲はまだちょっとないから」

「粥《かゆ》でも作ろうか？」

「作るって、信也が？　作れるの？　お料理が出来るようになった？」

「料理はダメなままだが粥だけは作れるんだよ。たくさん作ったから」

一瞬哀しそうな表情が浮かんだがすぐに笑顔になって「それじゃ、作って頂戴」と大きな声で言った。

米山はキッチンに移動し米びつを探す。

昔の記憶通りに流しの下にそれはあった。

米をボウルに入れると研《と》ぎ始めた。手を回す度にシャッ、シャッと音がする。そうして研いでから水を注いだ。ボウルの端に手を添えて濁った水を捨てる。再び米の中に手を入れた時だった。

パシャリ。

カメラのシャッター音がして米山は振り返った。

母親が米山にカメラを向けていた。

「なにしてんだよ」米山は声を上げる。「寝てなきゃダメじゃないか」

「大丈夫よ。温かくしてるから、ほら」とパジャマの上に羽織ったカーディガンを摘まんだ。

「なんて病人だ」

「病人なんて大袈裟よ。ちょっと風邪を引いている人ってぐらいなんだから。久しぶりに信也が帰って来てくれたんだもの。撮りたいのよ」

母親は悦子に誘われて、一緒に写真教室に通っていた時期があった。悦子はダンススタジオのサイトに使う写真を、もっといいものにしたいと考えて、教室に行こうと思い立ったようだった。その写真教室を二人共楽しんでいるように見えた。

その頃、米山の両親と、米山と悦子の四人で一泊二日の温泉旅行に行った。母親と悦子はアングルが違うだの、光の具合がどうのこうのと言っては、楽しそうに何枚も写真を撮った。注文した食事が出て来ても、二人の撮影が終わるまではお預け状態になり、いい加減早く食わしてくれと父親が言うほどの熱心さだった。夜になると二人は撮影した写真を見せ合い、批評し合った。そして弾けるような笑い声を上げながら連れ立って女湯へ行った。男湯の湯船に米山が浸かっていると、父親が隣に来て二人が楽しそうで良かったと言った。米山はそうだねと答えた。そんな記憶が蘇った。

粥が出来るまでの間に母親はたくさんの写真を撮った。

四十分ほどで粥が完成した。

米山はそれを器に移すと、冷蔵庫にあった梅干しを一個載せる。

ダイニングテーブルに置き「熱いから、少し冷ましてから口を付けて」と言い添えた。

「わかった」と答えた母親が粥にカメラを向ける。そうしてシャッターを押し、更に椅子から腰を浮かして高い角度からもう一枚撮った。

米山は急須に茶葉を投入し、そこにポットの湯を注ぐ。少し置いてから母親の白い湯呑みに入れた。

母親がスプーンで粥を掬い、そこに息を吹きかける。そうして冷ましてから口に運んだ。

そして「美味しい」と感激したような声を上げた。

「オーバーだな。ただの粥じゃないか」

「ただのお粥じゃないわ。信也が作ってくれたお粥よ。お母さんにとっては特別なお粥だもの。最高に美味しいわ。これまで食べたお粥の中でナンバーワンよ」

「オーバーなんだから」苦笑した。

母親が食べるのを米山は向かいの席から見守る。そしてテーブルの端に置かれた小袋に手を伸ばした。

透明の小袋には処方薬とその説明書きが入っていて、全部で五種類もあった。

その時、母親が咳込んだ。

すぐに「大丈夫？」と米山は声を掛ける。

母親が苦しそうな顔で咳をし続ける。

米山は席を立ち、母親の背後に回り背中を擦《さす》った。

はっとした。こんなに薄い背中――。それに……小さい。

咳は徐々に落ち着いていきやがて止まった。

それから母親は湯呑みの茶を飲むと、ふうっと息を吐き出した。

「変なところに入っちゃったみたい」と母親が言って自分の胸に手を当てる。「でも大丈夫よ。落ち着いたから」

「無理して食べなくてもいいんだよ」

「無理してないわ。変なところにさえ入らなければ、普通に食べられるんだから。ゆっくり食べるようにするわ」

母親がスプーンで粥を掬い口に運んだ。そしてゆっくりと咀嚼をして呑み込んだ。

元気なうちにもっと親孝行をしておかなくては。そうじゃなければきっと後悔する。悦子の時のように。もっと頻繁《ひんぱん》に顔を出しに来よう。いつの間にそんなに背中が薄くなっていたのか……衝撃だった。ちゃんと見てなかったのか――いや、見て見ぬふりをしていたのかもな。親が年を取っていくことから目を背けていたんだろう。それはちょっと哀しいことだから。だが今のうちに出来ることをしておこう。後悔はきっとするんだろう。どんなに頑張ってこれから親孝行をしたとしたって。それでも後悔を少なくしたい。

やがて完食した母親が声を上げる。「ごちそうさまでした。とっても美味しかったわ」

「薬は？　毎食後って書いてあるが、もう昼食後の薬は飲み終わってるの？」

「これから飲む。飲む前にお願いがあるの」

「なに？」

「お母さんね、アイス食べたい」

「アイス？　いいの？　身体を冷やして」

「いいか、悪いかはわからないけど食べたいの。だから買って来て」母親が自分の顔の前で両手を合わせる。

「いいよ。コンビニでいいの？」

「うん」

「どういうのがいいの？」

「あのね、氷のは嫌なの。わかる？　かき氷みたいなの。口に入れたらガリッっていうのは嫌なの。ソフトなのがいい。軟らかいのが好きなの」

「わかった。他には？」米山は尋ねた。

「コーンがあっても、なくてもいいんだけど、もしコーン付きのだったら、パリッとしたコーンだったらいいんだけど、しなっとしたコーンは嫌なの」

「結構色々あるね。そんなにアイスに好き嫌いがあって、こだわりもあるとは知らなかったよ」

「面倒？」

「いや、いいよ。面倒じゃないって。お母さんのそういうことを知りたいから。本当だって。もっと教えてよ。アイスのことだけじゃなくてさ」

目を丸くした。「アイスのこと以外でも？」

「そう」頷いた。

そして「取り敢えず今はアイスのことを教えて」と米山は促した。

母親が好みのアイスについて語り始めた。

20

大塚は右手を真っ直ぐ上げる。それからステップを踏みながら左方向へ進む。そして大塚たち四人のグループは左奥で足を止めると、その場で右手を下ろしながら一回転をした。次に跳ねるようなステップで右斜め前方へ移動していく。

反対方向からは六人のグループが、横一列に並んだ状態で進んでくる。

その列に川端がいた。

川端と一瞬のアイコンタクトの後で、その列に大塚は入り込む。一斉に左に向くと、生徒たちの真っ直ぐなラインができた。

曲が止まった。

綺麗なラインができたことを祝って、生徒たちから拍手が起きた。

競技会まで二ヵ月。土曜日の米山ダンススタジオのレッスンには、全員が参加している。なかなか揃わなかった中盤のライン作りが綺麗に決まり、生徒たちから思わず安堵の拍手が起きたのだ。

米山が声を上げた。「こんな程度で喜んで貰っちゃ困ります。ラインを綺麗に作るのは勿論ですが、決められたポジションに移動する間の踊りも揃えてください。十分間休憩にしますので水分補給をしてください」

大塚の前にいた川端が振り返った。

そして小声で「先生はああ言ってますがイイ感じでしたよね」と言ってきた。

「川端さんのお蔭だ。有り難う」と大塚は礼を述べた。

大塚はラインを揃えるのが下手だった。レッスン中の映像を見ると、大塚の位置取りが悪く、自分のところでラインが曲がっていた。なんとかしようと思ってはいたのだが、なんとも出来ずにいた。人の背後に立ち真っ直ぐ前に進むだけなら出来る。だが左方向へ身体と顔を向けて進みながら、右にいる人より一歩分前の位置に、ポジションを決めるのが難しい。視界に入っていない人からの距離を、感覚で測らなくてはいけないのだ。米山は目ではなく足の感覚だという。そこに移動する間のステップの歩幅が、どれくらいかを身体に叩き込めば、隣にいる人が見えていなくても、正しい位置に立てると。どうしたら叩き込めるのか。練習量を増やせばいいのか。

困っていたら、川端が歩幅を数値化してみたらどうですかねと言ってきた。ステップの大きさを自分なりに数値化して、それを覚えておいたら揃え易くなるんじゃないかというのだ。とても小さいステップは『一』、大きく足を開いて移動するステップは『五』といった具合に。そうすればこのステップは一、一、一と続いて最後が三、といった具合に頭に覚えさせることができる。その記憶に沿って足を動かせば、感覚といったものより、やり易いのではないかとの提案だった。そしてすべてのステップを数値化する作業を、一緒にやってくれた。

そうやって川端と二人で、一つひとつのステップに付けた数字を唱えながら踊ってみると、大塚がラインを乱すことは少なくなった。川端の親切さには正直驚いた。それまで大企業で働いているのを笠に着ている、ヤなヤツだと思っていた。だが川端は全体を把握する力が非常に高かった。全体のバランスを常に意識していて、その中での自分の位置取りをいつも正確に行えた。だから踊っている時には川端の位置を確認して、自分のポジションを把握しているといった生徒がとても多かった。大勢の社員の中にいて、大人数で仕事をしてきた中で培《つちか》ったものなのか、元々の資質なのかはわからないが、最近は北極星とも呼ばれている。

川端と親しくなるうちに、自慢話もそれほど気にならなくなった。実際自慢話が減ったのかもしれないし、こっちの受け入れ容量が大きくなったせいかもしれない。大きなプロジェクトを抱えている割には、レッスンにも自主練にもきっちり参加していて、その熱心さは間違いない。

その川端から先週、大塚さんのように情熱的に踊るにはどうしたらいいのかと問われて、びっくりした。自覚はまったくなかった。ただ時折米山から「大塚さんのように情感を込めて」と言われることがあった。その度に、この人はなにを言ってんだろうと不思議に思っていた。川端は言った。「なんか、大塚さんの踊りは艶《つや》っぽいんですよ。色気があるっていうか」と。だから「こんながさつな男によく言うよ」と笑い飛ばしたが、川端はいたって真面目な顔をしていた。

「皆さん、集まってください」と米山が大きな声で休憩の終わりを告げた。

川端が言った。「頑張りましょう」

「ああ」大塚は頷いた。

米山が話し始める。「皆さんに決めていただきたいことがあります。誰か一人に合図の係をお願いしたいんですが、どなたがいいか皆さんで決めて欲しいんです。合図の係がなにをするかというと、今は僕が合図を出していますね。僕の合図で入場して、僕の合図で足を止めて、終わった時にも僕の合図で退場の列を作って、僕の合図でお辞儀をする練習をしていますね。でも本番では僕は皆さんのすぐ近くにはいられませんから、合図を送ることができません。これを皆さんの誰かにやって貰うことになります。合図の方法は靴で床を一度蹴る。この打ち鳴らした音が合図になります。この合図の係をしてくれる人を皆さんで決めてください。自薦、他薦、くじ引き、ジャンケン、どんな方法でも構いません。どうでしょう？」

米山が皆を眺め回す。

大塚は手を挙げて米山の注意を引くと発言した。「川端さんがいいんじゃねぇかと思いますが」

川端が大塚に顔を向けてきた。「えっ、俺？」

すぐに周りからも「そうだな」といった同調する声が出る。

川端がもう一度「俺？」と聞いてきた。

大塚は声を上げる。「合図係に川端さんがいいと思う人は、手を挙げてください」

すぐに全員が手を挙げた。

誰かが「北極星、よろしく」と言った。

そして拍手が起きた。

川端が嬉しそうな顔で片手を上げて皆に応える。

それからレッスンが再開された。

音楽が流され、そこに米山の言葉が重なる。

「——もっと早く。早く早く。動いて動いて。皆と気持ちを合わせて。簡単なステップなんだから揃えて。右、左。動く、次、回りますよ。はい。もっと早く。仲間の息遣いに耳を澄ませて。そんな険しい顔をしない。辛い時ほど笑う。ラインを揃えて。足。気を付けて、はい。右、左。移動。早く早く。もっと。ステップ。ステップは軽やかに。足が上がらないとか言ってない。上げなさい。手。手を忘れない。遠くに伸ばして。腰。回って、動く。もっと早く。力強く。ジャンプ。すぐに右。いつもここバラバラになりますよ。隣を意識して。一人で踊ってるんじゃないんですからね。左のグループ、もっと間隔を狭くして。円を綺麗に作って。回って、ステップ。集団で踊ってることを忘れない。集団が揃って踊るから迫力が出るんですからね。右、左、もっと大きく出る。だからぶつかる。勝手に止めない。続けて。本番でミスしたら、そこで止めるんですか？ 止めませんよ。立て直し方も学んでください。次、大きく移動しますよ。ただの小走りにならないでステップで移動。回る。そう。そこでステップ。笑顔はどうしました？ 動いて動いて。もっと早く。右、左。手を大きく回して。回しながら自分の位置を確認して。右、左。回って。進む。もっと大きく。小さくまとまらない。一人じゃ絶対に手に入らないものを、皆で取りに行くんですよ。力強くステップ――」

最後の決めポーズまで進み、本番用にアレンジされた六分の曲が終わった。

全員が肩で息をする。

米山が田中と叶に近付き、円の作り方の指導を始めた。

他の生徒が個別指導を受けている時が、それ以外の生徒たちの短い休憩タイムになる。

すっかり厳しくなっちまって。あんた、前はどうでもいいって教え方だったじゃねぇか。この変わりようには驚いちまうよ。ま、フツーのレッスンと、競技会に出場するためのレッスンじゃ違うってことなんだろうな。だがよ、あれこれ言われても困っちまうんだよ。こっちはいっぱいいっぱいなんだからさ。やりたくてもできねぇってぇのを、理解して欲しいもんだね。ただ、あんたの言葉は時々俺の胸に刺さる。「自分ができることをするんじゃなくて、全員ができることを探そう」とか、「個性はいらないが役割は全員にある」と言われた時には胸にズドンときて、なんだか知らねぇが少し嬉しくなっちまった。あんたのアドバイスを工場の経営の話に勝手に置き換えて、その通りだなと思ったからかね。個人で競技会に出るって話だったら、こんなに熱心に練習しなかっただろうな。少しずつだが自分が上達している実感があって、仲間たちもそうで、そうした集団の中にいるっていうのが、なんとも言えない気持ちになる。

米山が声を張り上げた。「それじゃ、最初っから大きな一つの円になるところまでをやりましょう」

大塚は腕で額の汗を拭った。

さて。一人じゃ絶対に手に入らないものを、皆で取りに行くとするか。

自分のスタートの位置に向けて歩き出した。

21

川端がM駅に着いたのは午前十時過ぎだった。

朝食を摂らずに家を出たため腹が空いていた。

自主練の前に腹を満たしておこうと、駅の構内にある立ち食い蕎麦屋の自動券売機で、コロッケ蕎麦のボタンを押した。

牛丼屋の牛丼の次に、コストパフォーマンスがいいと思っている、このチェーン店の蕎麦屋を川端は非常に贔屓にしている。

店内に入った川端は、カウンターの一番奥にいる米山に気が付いた。

土曜日のせいか客は米山一人だけだった。

川端は「おはようございます」と言って米山の隣に立つ。

すぐに米山の前にかけ蕎麦が置かれた。

米山が「お先に」と言って食べ始める。

川端はかねてから聞きたいと思っていた質問をする。「フォーメーションの振り付けはかなり複雑ですよね。どうやって考えるんですか？」

「まずラインをどう展開して、どんな陣形にするかを考えます。それからその間の繋ぎをどうするか——繋ぎのダンスを考えます。つまり振りですね。そうやって完成させます」

「振りが最後なのか」呟く川端の前にコロッケ蕎麦が置かれた。

割り箸を割って川端は重ねて聞く。「フォーメーションの振り付けの経験は結構あったんですか？」

「まぁ、そうですね。ペアの振り付けと比べれば少ないですが、フォーメーションの振り付けもしてきましたね」

「俺たちのは苦労しましたか？」

米山が箸を止めてじっと川端を見つめてくる。

なにも言わずとも、その目が答えていた。

そこで川端は「ですよね」と出されてはいない回答に相槌を打った。

それからは質問を止めて、蕎麦を食べることに集中した。

二人で揃って店を出て改札を抜ける。

気持ちのいい秋風が吹いていて、街路樹の銀杏《いちょう》は黄色く色づいていた。

歩道の半分を塞ぐように商品を並べる、ドラッグストアの前を通り過ぎる。

米山が突然話し出した。「今回はラインの展開や陣形を考える前に、テーマについても考えてみました。そういうのが必要な気がしましたので。最初は十六人を二つのグループに分けて、その二つのグループがライバル関係にあるかのように、挑発し合うような振りを入れるといったアイデアが浮かびました。『ウエスト・サイド物語』のようなと言えばわかりますか？　競技会のフォーメーションで、物語性のあるダンスを踊るチームはないので、オリジナリティの部分で、得点を稼げるのではないかと思ったんです。ですが、これには演技力が必要になります。それに物語性をのっけて失敗した場合には白けてしまって、最悪の結果になる可能性もあります。そうした賭けに出るよりは、十六人で踊りを揃えるという、本来のダンスにした方がいいとの結論に達しました。ただそれだとステップや同調性でジャッジされてしまうので、ポイントの獲得は大変です。それで視覚効果を最大限に生かすようなものにしようと考えました。つまり衣装の力を借りるということですね」

「衣装の力ねぇ。高いですよねぇ。七万って聞いた時には卒倒しそうになりましたよ。牛丼に換算したら百八十四杯とちょっとですからね」

競技会に出場する際の衣装は、既製服をベースにアレンジを加えたもので、一人当たり七万円を支払う。八人が黒ベースの、八人は白ベースの衣装だった。川端は黒の伸縮性のある生地のシャツに、黒い蝶ネクタイをする。サスペンダーは左が白、右が黒の二色のもので、黒いパンツの左足の脇には白いラインが一本入っており、右足の脇には黒いラメ入りのラインが入っているものだった。そして左手には白い手袋を、右手には黒い手袋を着ける。一方の白ベースのメンバーは、白いシャツに白いパンツを穿く。パンツの左右の脇に入ったラインと、サスペンダーと手袋は、黒ベースのメンバーと同じように、左が白、右が黒といった色使いになっていた。この黒ベースと白ベースが半々いることで、陣形がわかり易く、動きが揃えば綺麗に見える。

ビギナーズメンのダンスの冒頭では黒いベースの八人が一列に、白いベースの八人が一列に、それぞれ後ろ向きで並ぶ。全員がポケットに両手を入れて格好付けて立つ。曲が始まるとすぐに黒いパンツを穿いている八人が、左のポケットから左手を前方の人から順に出していく。黒いところから白い手袋が続々と登場するので、視覚的なインパクトが大きい。八人全員が白い手袋を出し終わったら、今度は白いパンツを穿いている八人が、右のポケットから黒い手袋を前方の人から順に出していく。先程とは逆に白いところから黒い手袋が続々と登場していく。

このようにステップではなく手袋の色の違いを利用して、観客の目を楽しませるような振りが、随所にちりばめられていた。左右で色が違うサスペンダーも、手袋と同じような効果を狙うため、振りの中で片方を外したり、前に突き出したりする。それに黒地のパンツの脇に入っている白いラインや、白地のパンツの脇に入っている黒いラインは目立つので、揃って踊れば模様が動いているように見えた。

米山が言い訳をした。「確かに七万円は大変な額だと思いますが、競技会の衣装の相場よりは安いんですよ。採寸に行って貰ったあの店のオーナーとは、彼が独立前からの付き合いで、今回も随分勉強してくれたんです。よそで同じデザインのものを依頼したら、十万円は超えていたと思います」

川端がその店に採寸に行ったのは二週間前だった。店にはやはり採寸に来ていた仲間が三人いた。彼らは試着室の前に並ぶソファに座って、田中の採寸を見学していた。そこに川端も加わった。

田中は言った。「もう一センチ長くしてください」と。すると店主は目を真真ん丸にして「一センチ」と繰り返してから、哀しげな表情をして首を左右に振った。そして「これ以上長くしたら裾《すそ》を踏んでしまいます。踊りに差し支えます」と言った。だが田中は諦めない。「いや、一センチだったら踏みません。ギリギリセーフです」と言い募った。あと一センチ長い裾にしたい田中と、したくない店主の攻防が続いた。それを見守っていた仲間たちがくすくすと笑い出した。やがて仲間の一人が「頑張れ、隊長」と声を掛けると、「そうだ。諦めるな」と別の一人も応援した。そして川端たちは笑い声を上げた。だが田中だけは真剣な表情のままで、裾を一センチ伸ばそうと店主を口説き続けた。

どうやら田中は足が短いことを気にしていて、パンツの丈にこだわりがあるようだった。田中にそんなコンプレックスがあって、少しでも長く見せたいと思っていることに川端は驚いた。

田中と店主の押し問答が続く中、川端は自分用の衣装に着替えた。試着室を出るとソファに座る仲間に向かって川端は言った。「これ、本当に俺の衣装かな？　サイズサンプルを着た時と感じが大分違うんだが」と。すると仲間の一人が「練習がハードだから痩《や》せたんですよ。僕らも結構詰めることになりましたから」と言った。どうやら知らず知らずのうちに、練習がダイエットになっていたらしい。一度は減量を決意したものの、具体的な行動には出ていなかったのだが、フォーメーション練習に打ち込むうちに身体が絞れていたようだ。練習はキツかったが、その後でラーメンやビールを楽しんでいたので、体重が落ちているような感覚はなかったのだが。

仲間が言った。「痩せたのはいいんですが腰にきてます。田中さんも腰痛が出てるそうです」と明かした上で、「田中さんが奥さんに、腰のマッサージを頼んだらしいんですよ。そうしたら間違ったことをしたら大変だからって言って、奥さん、指圧教室に通い出したそうです。そんな献身的な奥さん、聞いたことあります？　妻の鑑ですよね」と続けた。いいなぁ。川端は思わず呟いた。

川端は足を進めながら米山の横顔に視線を送った。

穏やかな表情をしている。

およそレッスン中には見せない顔だ。レッスン中はどうかといえば、厳しい言葉を吐き続けながら、時折笑みのようなものを浮かべた。恐らくサドだ。

川端は尋ねる。「先生が社交ダンスを始めたきっかけは、なんだったんですか？」

「大学生の時にサークルの先輩から勧誘されたんです。新入生はたくさんのサークルから勧誘されるんですが、どこに入るか決められずにいた時、社交ダンスサークルの先輩が、君はいい歩き方をしている。それは社交ダンスに向いていると言ったんです。歩き方にいいも悪いもないだろうと思いましたが、その先輩の言葉がなんだか面白いと感じて、練習に参加してみることにしました。それがきっかけです」

「歩き方は関係してましたか？」

「いいえ」首を左右に振った。「その先輩は僕にそう言ったことさえ忘れてました。

その場で思いついたことを口にしただけだったようです」

「それがきっかけだったのに？　まぁ、人生の大事な分岐点も振り返ってみれば、なんてことはないところから始まっていたってケースは、よくありますからね」

赤信号で足を止めた。

米山が視線を遠くへ向ける。

その視線の先には書店があった。

米山は書店をしばらくの間見つめてから、顔を戻した。

横断歩道を歩き始めた米山に川端は質問する。「どうしたら上手く踊れるようになるんでしょうか？」

「それは難しい質問ですね」

「難しいですか？」

「はい。その答えをもっている人がいるのかどうか。誰もわかっていないような気がします。身体の柔軟性を上げたらいいという人もいますし、リズム感を向上させたらいいという人もいます。重心の移動を滑らかにすれば上手く踊れるという人もいますし、メンタルが一番重要だという人もいますね。色々な考えがある中でオーソドックスな考え方はなにかといえば、とにかくたくさん練習するというものですね」

「たくさん練習かぁ。これでも時間を遣り繰りして結構練習していますが、なかなか上達しないんですがねぇ」

今じゃ仕事以外の時間のほぼすべてを、競技会の練習に捧げている。女性インストラクターのレッスンなんて、しばらく行っていない。ダンスパーティーだってすっかりご無沙汰になってしまった。女にモテるために始めたはずだったんだが。行けばチヤホヤされるとわかっているパーティーより、米山ダンススタジオで仲間と練習したいと思ってしまう。男と踊るのがこんなに楽しいなんて可笑しな話なんだが。いつからこんなことになったのか……男だけだと楽だからかなぁ。職場では全員がライバルだった。だからどんなに笑顔で談笑していても、心を許すといったことはなかった。油断すればいつ足を掬われるか。そんな緊張感の中にいた。だがビギナーズメンの仲間と一緒にいる時には、そうした鎧《よろい》を身につける必要はなかった。それがなんだか心地いい。それに北極星というあだ名も悪くない。

川端は聞いた。「ぶっちゃけ、俺たちはどれくらいのレベルなんでしょうか。入賞を狙えるぐらいにはなってるんでしょうか？」

「…………」

「皆頑張ってますからね。やっぱり勝ちにはこだわりたいんですよね」

米山は口を開かず歩き続け、ダンススタジオの前で足を止めた。地下へ続く階段を一旦見下ろしてから、川端へ顔を向けてきた。

そして「皆さんがここまで頑張るとは、正直思っていませんでした。だから僕も本気で教えています」と言った。

「それじゃ俺の質問の答えになってないじゃないですか」

米山が困ったような顔をした。

「そうしたら」川端は右手を胸のあたりまで上げた。「ビギナーズメンのダンスがこれぐらいだとしますよね。優勝するチームというのはどれくらいなんでしょう。これぐらいですか？」左手を肩の高さまで上げた。「もっとなのかな？　そうしたらこれぐらいですか？」

川端は左手を頭の位置まで上げた。

すると米山がすっと顔を上げた。

米山の視線の先を追って川端が振り返ると、銀杏が立っていた。

「えっ？」川端は慌てて確認する。「銀杏のてっぺん？　俺たちはここで、優勝チームはあの銀杏の木のてっぺんぐらいの位置ってことですか？　そんなに離れてますか。そんなにかぁ……」

「僕は奇跡が起きるのを見たいと思っています」

「……奇跡……」

「奇跡を起こすために練習しましょう」と米山はさらっと言うと階段を下り始めた。

川端は呆然とその背中を眺める。そうしてしばしの時を置いてから米山の後に続いた。

川端はリモコンをモニターに向けた。巻き戻してから再生ボタンを押す。そしてレッスンの時の映像に合わせて、同じステップを踏む。

右回転をした時だった。

足が滑って尻餅をついてしまった。

家全体に響くような大きな音がした。

フローリングの上を靴下で踊るのは危険だと思い知る。

川端は米山ダンススタジオから自宅に戻り、リビングで練習を始めたところだった。

このリビングで何度も靴下で練習しているが、尻餅をついたのは初めてなので、今夜は疲れているのかもしれない。

靴下を脱ぎ床を足の裏で擦ってみた。

素足だとグリップが利き過ぎて回転がしにくそうだ。

川端は立ち上がると洗面所に向かった。

この賃貸マンションに越してきたのは十五年前だった。その前に借りていた部屋は今よりも大分広かった。だが駅から徒歩で十五分の距離にある上、川端と聖子、それぞれの勤務先まで一時間以上掛かった。そこで通勤がもっと楽になる場所へ、引っ越そうということになった。それぞれの通勤時間が半分になるエリアの物件にしようとしたら、それまでより高い賃料を支払うか、それまでより狭い部屋を受け入れるかの、どちらかになるとわかった。もう家族は増えないと見切りをつけた後だったので、狭くなってもそれまでと同額の賃料で収まる部屋を探した。

あれはここの部屋を内見した時のことだ。二部屋あるうちの、広くて日当たりのいい方を聖子は指差して「こっち、私ね」と言った。「なんだよ、それ」と川端は思わず大きな声を上げた。そしていい方の部屋を、まるで当然のように自分のにすると宣言するなんて、勝手過ぎると責めた。すると聖子は語り出した。「広いって言ったって半畳程度の差なんだから、ほぼ同じじゃないの。こっちはダイニングキッチンの隣なのよ。こっちが諒一の部屋になったら、毎朝大変になるわよ、私の方が朝は早いんだから。私がキッチンで動き回ればどうしたって音が出るわ。その音で諒一は起こされてしまうことになるのよ。それは可哀想だなって思うのよ。だから諒一のことを考えた上で、私がこっちの部屋にしてあげるって言ってるんじゃない。その気遣いに感謝しないでどうするのよ」と。すまし顔の聖子を見ているうち、ただ部屋を分けると言っているだけではなく、寝る場所を別々にしようとしているのだと気付いた。

川端の帰宅はしばしば深夜になった。そんな時には寝ている聖子を起こさないよう、寝室のドアをそっと開けて入り隣のベッドに潜り込んだ。慎重に忍び込んでいるつもりなのだが、聖子は目を覚ましてしまうようで、終電に乗れなかったのなら、タクシーで無理して帰って来る必要はない。カプセルホテルに泊まった方が、安く済むんだからと言われていた。

不動産屋のスタッフの前で、聖子は「遅い時間に帰宅する諒一が、玄関の近くの部屋を使う方が理にかなっているじゃないの」と言い放った。聖子の理詰めの論法に川端はムカついた。夫の部屋の方が狭いなんて一家の主としての尊厳が保てないし、寝る場所を分けるかどうかを話し合ってもいないのに、当たり前のように進めているのも気に食わなかった。それで大喧嘩へと発展した。

結局不動産屋の提案で、ジャンケンで決めることになった。川端はグーで負けた。だからバルコニーに面した日当たりのいい広い部屋が聖子ので、玄関すぐ横の窓のない狭い部屋が川端の部屋になった。

洗面所の棚からバスタオルを取り出し、リビングに戻った。床にバスタオルを二枚並べて敷き、その上に素足で立った。映像を流して練習を再開する。

十分ほど経って聖子が帰って来た。

練習する川端を見た聖子が「感心感心。下の階の人に配慮して練習しているのね」と言ったので、尻餅をついて大きな音を立てたことは黙っていた。

それから聖子はダイニングテーブルで、自ら買ってきたシュウマイ弁当を一人で食べ始めた。

川端はモニターの角度を変えた。「ちょっと見てくれよ。行くよ。もう少し。はい、ここ。わかった？　俺がこうやって、足で床を蹴って合図を送ってるんだよ。それを聞いた皆が動き出すの、わかった？　皆がさ、耳を澄ませて俺の合図を待ってるわけだ。そこで俺がタンッと床を蹴るんだよ。そうすると一斉に動き出すわけだ。俺、格好いい役を担当してるだろ？」

「よくわからないわ」

「わからなかったか？　俺の足で――」

川端の言葉を遮って聖子が言う。「諒一が合図を送っているのはわかったわよ。わからないと言ったのは、それが格好いいのかどうかということ」

「格好いいだろうよ」

「だったらいいわよ、格好いいということで」と話を終わらせた聖子は、テーブルに置いたスマホを覗いた。

川端がモニターの角度を戻そうと動かしていると、聖子から声が掛かった。

「社交ダンスの男性の動きって、ちょっと気持ち悪いわよね」

「えっ？」

「燕尾服を着て踊っている男性は気持ち悪くないわよ。ラテンっていうんだっけ？　そっちのダンスをやっている男性の動きってなんか変よね。激しく踊っているだけならエグザイルと同じ筈で、だったら格好いいと思える筈なのに、なんか可笑しくて笑っちゃうのよ」

「……」

「あっ、わかった。今のところよ」映像を指差す。「ステップが気取ってるのよ。マダムが子犬を連れて歩いているみたい。腰の位置は上下運動してなくて平行に移動してて、足だけちょこちょこっとしちゃって。それにあれね、姿勢が良すぎるのが妙なのよ。こんなに背中が真っ直ぐで踊ってるのって変よ」

ふざけるな。怒りが急激に膨れ上がった。なんだ、この女は。許せない。社交ダンスを馬鹿にしやがって。なんでもかんでも上から言ってきやがって。デキる女を気取っているが、お前なんか口が達者なだけのただのオバサンなんだぞ。くそっ。頭にきた。

川端は声を張り上げた。「社交ダンスを馬鹿にするな。夫が一生懸命になっているものを馬鹿にするな。妻なんだから理解しようと努力したらどうなんだ。もっと夫に関心をもてよ。俺にだ。俺はただのルームメイトじゃないんだぞ。ルームメイトにだってもうちょっと興味をもつもんだろうが。夫が頑張ってることをからかうのが妻なのかよ。可笑しくて笑っちゃう？　なんだ、それ。失礼過ぎるだろ。人生百年なんだぞ。まだ半分あるんだぞ。これからも夫婦として暮らしていく気なら、夫に興味をもてよ。夫婦でいることの意味をちゃんと考えてみろ。俺たちは二人だけなんだぞ」

川端はリビングを出た。

自分の部屋に入るとドアを力任せに閉めた。

22

米山は運営委員の二人を見下ろす。

左の男も、右の女も眼鏡を掛けていて六十代ぐらいに見えた。

男性委員が手元の資料から顔を上げて言った。「全員が男性なんですか？」

「そうです」と米山は答えた。

運営委員の二人は顔を見合わせた。

競技会本番の今日、会場には午前九時に到着した。受付に出場者全員の名前を書いたリストを提出すると、すべて男性の名前のようだがと指摘された。男十六名で踊ると米山が話すと、ちょっと確認してきますと言って、担当者はどこかに消えた。ネットでのエントリー時には、コーチの欄に米山の名前を入力するだけで良かったのだが、今日は出場者全員の名前を提出する必要があった。随分と待たされた後で委員会室に来るよう言われ、今米山はその部屋にいる。

男性委員が口を開く。「デモンストレーションで参加したいということではなく、競技会に出場したいということですか？」

「はい、そうです」と米山。

「それはしかし……前代未聞です」男性委員が困ったような顔をした。

「出場規則の中のどこにも、男だけのチームは参加できないとは書かれていませんよ」と米山は指摘した。

二人の委員が弾かれたようにテーブルの書類に目を落とした。

米山は彼らに向かって説得を試みる。「この競技会の出場規則には、出場カップルのエントリーは男性と女性とするとあります。また同性同士のカップルの出場は、認めないものとするともあります。しかし、これが書かれているのは、スタンダード競技とラテン競技の項目です。フォーメーション競技の項目には、そうしたことは書かれていません。フォーメーション競技については、八組のペアによって行うとだけ書かれています。ペアです。カップルとは書かれていません。ペアという言葉は二人で一組になっていることを言います。卓球やバドミントン競技でペアという場合は男女の場合もありますし、同性同士の場合もあります。ペアには男と女の区分はありません。

これはつまりどういうことかと言いますと、我々の出場を拒めないということです」

男性委員が質問してきた。「半分が女装するとか、そういうことではないんですよね？」

「違います」米山は否定した。

二人の委員が額を突き合わせて小声で話を始めた。

米山は二人の様子を探る。

声を聞き取れず表情もはっきりしないため、形勢がどっちに行こうとしているのかわからない。

米山は訴える。「男たちだけで行う集団ダンスは、パーティーやイベントなどでたくさん踊られているのに、競技会では受け付けないというのはおかしな話です。そもそも男性の定義とはなんでしょう。女性の定義とは？　染色体の違いですか？　それでは心と身体の性が違う人は踊ってはいけないのですか？　それは人権侵害です。今時、そんな差別をする団体であってはいけません」

女性委員が書類の一部を男性委員に見せるようにして、何事かを述べる。

それに耳を傾ける男性委員はしかめっ面だった。

米山はダメ押しをする。「もし我々の出場を拒否すれば、ジェンダーハラスメントだとＳＮＳで拡散させます」

言い切ってみたものの……大丈夫だろうか。米山は堪らなく不安になる。出場規則は何十回も読んだ。ダメだとは書かれていないのだから出場できると踏んで、練習を始めた。熱心に練習する皆を見ていたら、もしかしたら出場できないかもしれないとは言い出せなかった。事前に主催者に問い合わせをしてしまえば、出場規則を変更されてしまう恐れがあったので、それも出来なかった。頼むから彼らを出場させてくれ。どうしようもなく下手だ。まともに出来るステップは一つもない。身体は硬いし動きは遅い。振りを覚えるのには若い世代の何倍もかかった。だから若い世代の何倍も練習した。頑張ったんだ、いい年して。だからどうしても出してやりたい。たまに上手く踊れると物凄く嬉しそうにする。その笑顔は……自分にもダンスが楽しくてしょうがなかった頃があったことを、思い出させてくれた。お願いだ。彼らを出してくれ。ダメだと言わないでくれ。

米山は祈る思いで二人の委員をじっと見つめた。

23

ガラガラと音がして川端は顔を後ろに向けた。

男女二人がスーツケースを引き摺って歩いていた。彼らは真っ直ぐ進み、チームメイトらしき輪の中に収まった。

川端たちビギナーズメンは回転扉のすぐ横で、米山の戻りを待っている。

　エントランスは競技会に出場するらしき人たちで、溢れかえっている。右端には長テーブルが置かれていてスタッフが並び、その横には受付と書かれた立て札があった。

　その受付の左にある通路の先に米山が消えてから、十五分が経っていた。

　田中が話し掛けてきた。「男だけじゃ出場できないかもしれないとは、思ってもいませんでしたな」

「ええ。思ってもいませんでした」川端は頷く。「ネットで男だけのフォーメーションダンスを、いくつも見てましたから。でも今思えば、見ていたのはイベントやデモンストレーションのものばかりでした。競技会の映像は世界大会のものしかなくて、それは確かに男女のペアで踊っているものばかりでしたが、男だけのチームは世界大会にまで勝ち進めなかったからだろうと、思い込んでいました」

「私もです」

「先生はどうしてこんなことをしたんでしょう。先生ならわかっていた筈ですよね。出場できないかもしれないってことを」

「先生の考えは私にはわかりませんが、出場できるという確信があったんじゃないでしょうか」

「……確信ですか」

田中が頷いた。「私たちは頑張ってきました。同じように先生も頑張ってきましたよ。下手くそな私たちに、ずっと付き合ってくれたじゃないですか。普通の先生ならうんざりして、途中で諦めていたかもしれません。それぐらい私たちは出来が悪い生徒ですからな。しかし先生は声が嗄《か》れるほど叱咤激励して、ずっと指導を続けてくれました。もし万に一つも出場できないなんてことになったら、私たちと同じぐらいショックを受けるはずです。だから先生には、出場できるという当てがあったんじゃないでしょうか」

「当てねぇ。その当てが外れないことを祈るしかないっていうのが、なんとも不安でしょうがないですよ。ドキドキさせ過ぎ。心配でさっきから胃液が逆流している感じですよ」

「わかります」自分の胸に手を当てた。「実は私もです」

「本当ですか？　さっきから落ち着いているように見えますし、先生の当てを信じているんですよね？　それでも胃液が逆流してるんですか？」

「はい。残念ながら。先生の当てを信じています。信じていますが、もしかしてといった思いも浮かんできます。どうしましょう」

「どうしましょうって。隊長がそんなじゃ、こっちは益々不安になるじゃないですか」

「そう思って、さっきから必死で落ち着いているように装っています」

なんだ。やっぱり田中も心配しているのか。

川端は周りを見回した。

皆心配そうな顔をしている。

俺たち、頑張ってきたよな。心の中で皆に言葉を掛ける。田中が言うように、米山には出場できるという確信があったんだ。だから大丈夫。出場できるさ。もし、もし、出場できないとわかって、踊らずにこのまま帰ることになったとしても、米山を恨むのは止めようぜ。きっとどこか別の場所で発表できるさ。女とペアでフォーメーション競技に出場すると言われていたら、きっと俺はここまで頑張れなかった。皆もそうだろ？　この仲間だったから、ここに来られたんだ。米山の当てを信じようぜ。信じたいだろ？　信じるしかないじゃないか。

川端は目を強く瞑り祈った。どうか出場できますように。出場させてくださいと。

「来たっ」

声がして川端は目を開けた。

米山が真っ直ぐ川端たちに向かって歩いて来る。

思わず川端は自分の顔の前で、両手の指をしっかり組んだ。

いつものように美しい姿勢で歩いて来る米山は無表情で、どんな結果だったのかを推測できない。

米山が川端たちの前で足を止めた。

固唾を呑んで皆が米山を見つめる。

米山が言った。「ご心配をお掛けしましたがエントリーできました。出場できます」

「よっしゃー」と川端は雄叫びを上げた。

同時に歓声が沸き起こった。

仲間たちが大喜びをする。

川端は近くにいる仲間たちとハイタッチをして「よっしゃー、よっしゃー」と繰り返した。

興奮冷めやらぬ中、控え室に移動することになった。

ビギナーズメンたちが自分のスーツケースを引き摺り始める。

仲間たちがぞろぞろと進んでいくのを見送りながら、川端はスマホを耳に当てた。

呼び出し音が三回鳴った後で留守電に切り替わった。

「大塚さん、どうしたんですか？　今どこですか？　早く来てください。控え室はC室です。エービーシーのC室です。急いでくださいね」とメッセージを吹き込み電話を切った。

なにかあったのだろうか。いつも時間より大分前に来る人なんだが。

川端はＬＩＮＥでも連絡を取ってみることにする。

「今どこですか？」とメッセージを送信する。

するとすぐに返信が来た。「まだ工場」

「どうして？　間に合うんですか？」

「間に合うようにしたい」

「したいってどういうことですか？」

「とにかくこっちを片付けて駆けつけるから」

「俺たちの出番は十二時ですからね。絶対にそれまでに来てくださいよ」川端は念を押す。

「頑張るよ」

ふっと嫌な予感に襲われる。

いやいや、大丈夫だと呟いて、スーツケースのキャリーハンドルを摑んだ。

控え室は四十平米ほどで、スーツケースを広げて着替えをする仲間たちでごった返していた。

川端は左隅にスペースを見つけると、自分のスーツケースを運ぶ。

すぐに一人が近付いて来た。

そして心配顔で言った。「LINE見ましたよ。大塚さん、大丈夫なんですか？」

「大丈夫だよ、きっと」川端は答える。「間に合うように来るさ」

「でも……もし間に合わないなんてことになったら……いざという時のために、控え選手がいるチームもあるらしいですけど、うちにはそんな人いませんからね。大塚さんが間に合わなかったら、僕たちは出場できなくなってしまいます。男だけのチームでも出場できることになったっていうのに、一人の選手の遅刻で出場できないなんてことになったら、シャレにならないですよ」

「来るさ。大塚さんだって一刻も早く来たいだろう。だがのっぴきならない事態で、来るのが遅れているんだろう。俺たちは信じて待つだけだ」

一拍の間の後で頷いた。「そうですね」

川端は一人控え室を出てトイレに向かった。個室の便座の蓋に腰掛けてスラックスの裾を捲り上げた。

右膝の腫《は》れが酷くなっていた。

そっと触れてみる。

痛みに思わず声が出そうになる。

膝は最悪の状態になっていた。

先週病院に行くと、炎症を起こしているので、なるべく足に負担を掛けない生活を心掛けるように言われた。川端は社交ダンスをやっていると問診票に書かなかったし、医者にも言わなかった。言えば、社交ダンスを止めろなどと余計な忠告をされるのが、予想できたからだ。医者は知らない。川端にとって、社交ダンスがどれほど大切なものになっているかを。競技会で入賞するのを目標にどれだけ頑張ってきたかを。教える必要もないと川端は判断した。だからそうしますと答えて、炎症を抑える薬と、痛み止めの飲み薬を貰った。薬のお蔭なのか、腫れはひかなかったものの酷くもならなかった。この状態ならば競技会に臨めるとほっとしていたのだが、今朝目覚まし時計を止めようとして身体を右に捻ったら、激痛が走った。それまで赤かった右膝が黒くなっていた。膝の周囲をガードするサポーターを装着する時には大変だった。ちょっとでも膝に触れると痛みがやってくるので、細心の注意を払うのだが何度も当ててしまい、その度に大声を上げた。

その今朝の段階よりも更に腫れが酷くなっていて、とてつもなく大きくなっていた。

川端は布が膝を擦らないよう注意しながら裾を戻した。

くそっ。明日腫れりゃあいいものを。どうして今日なんだ。ついてない。痛み止めを飲んでるのに、膝がズキズキしてるのが気に入らない。もし女性インストラクターとペアで競技会に出場しようとしているなら、棄権を選ぶだろう。だが今の俺に棄権の選択肢はない。皆の希望を俺の膝の痛みで潰すなんてできない。そうだ。できないんだ。だからやる。俺はやるしかない。違う。俺はやりたいんだ。仲間たちだって皆大なり小なり身体を痛めている。一緒だ。これまでの人生でピンチは何度もあった。いつだってなんとかクリアしてきた。思い通りの結果にならなかったこともあったが、苦境から逃げたことはない。それが川端諒一だ。やれ、川端諒一。痛みなんか我慢しろ。行け。頑張って来い。

川端は膝に負担を掛けないようゆっくり立ち上がると、個室を出た。

洗面台の前に叶がいた。

川端が手を洗っていると、叶が鏡の前になにかを置いた。

「冷却シートです」叶が言う。「奥さんから預かりました」

「今なんて？」

「奥さんです。さっき廊下を歩いていたら、ビギナーズメンの方ですかって声を掛けられたんです。夫と同じ衣装なのでって言ってました。そうですと僕が答えたら、川端の家内です。夫がいつもお世話になっておりますって」

「ここに来てるのか？　あいつが？」

「なんでそんなに驚くんですか？」

「驚くよ、そりゃあ」

「膝に痛みがあるようなので、冷やした方がいいと思うんですが、そういうこと、やってなさそうなので、持って参りました。渡していただけますかって言われまして、それがこれです」叶が冷却シートを指差した。

「……そう。今、外で赤い雨、降ってないか？」

「赤い雨？　なんですか、それ。これは包帯です」ポケットから出したものを冷却シートの横に置いた。「これは僕がコンビニで買ってきました。冷却シートを固定するのに必要かと思いまして」

「……有り難う」

「川端さんの右膝のこと、皆、ずっと心配してたんです」

「ずっと？」川端は聞き返した。

「はい。ずっと。どうしてそんな不思議そうな顔をするんですか？　もしかして気付かれてないと思ってました？　川端さんが膝を痛めていることは、皆、わかってますよ」

「そうなのか？」

「そうですよ。川端さんは北極星なんですよ。皆、川端さんを見て自分の位置を確認しているんです。川端さんをどんだけ真剣に見つめてると思ってるんですか。凝視しているんですから、右足をかばっていることはすぐにわかります」

苦笑いを浮かべる。「そうだったのか。俺としては隠してるつもりだったんだがな」

首を左右に振る。「隠せるもんじゃありません」

川端は紙タオルで手を拭いた。

叶が聞いてきた。「膝の具合はどうなんですか？　大丈夫そうですか？」

「大丈夫だよ」

「本当なら無理しないでくださいと言うところなんでしょうが、僕は言いませんよ。無理してください」

「わかってる。北極星だからな、俺は。無理して頑張るよ」

「お願いします」

川端は紙タオルをゴミ箱に放った。

24

検品を終えた大塚は眼鏡を外した。

そして従業員たちに声を掛ける。「これでオッケーだ。皆、ご苦労さん。皆が休日出勤してくれたお蔭で、得意先を失くさずに済みそうだ。悪いが、ここにあるのを車に載せてくれねぇか。全部載せたら秀樹が一人で納品に行け。すぐに出ろ」

松岡が言った。「荷下ろしを一人でするのも大変でしょうから、誰か一緒に行った方がいいんじゃないでしょうか？」

「いや」大塚は秀樹を指差した。「ドジを踏んだのはこいつなんだから、こいつに運ばせればいいんだ」従業員たちに顔を向けた。「今日は助かったよ。有り難う。明日は代休にするから火曜日に出社してくれ」

外した手袋を検品台に置くと大塚は走り出した。工場を出て坂道を駆け下る。

道の先に軽トラが停まっていて、その横には綿谷がいた。

大塚に気付いた綿谷が運転席へと回り込む。

助手席に乗り込んだところで「父さん」という声が聞こえてきた。

窓から身を乗り出して振り返ると、秀樹が走り寄って来る姿が見えた。

そうして車まで来ると言った。「あの……ごめん。有り難う」

「文芯《ぶんしん》さんの気が済むまで怒られて来い。絶対に言い訳も反論もするな。今回はお前が百パーセント悪い。お前のミスを休日出勤してカバーしてくれた皆一人ひとりに、感謝の言葉を言っておけ。全員を集めてじゃねぇからな。必ず一人ひとりに言うんだ。そうしなきゃ、伝わらねぇことがあると覚えておけ」

「わかった」

「誰かが失敗したら皆でカバーする。それが会社ってもんだ。なんでも一人でやれると勘違いするな。一人でできることなんざ、高が知れている。集団の強みを生かすのが会社だ。それぞれができることをやってドジったらカバーする。そういうもんだ。俺は急ぐから文芯さんへの納品、頼んだぞ」

「わかった」

綿谷がすぐに車を出した。車は国道にぶつかり左折した。すぐに赤信号につかまり車は停まる。

綿谷が口を開く。「あのさ、こんなことを言いたくないが、間に合うかどうかはわからないよ」

「間に合わせてくれよ」

「出発がこんな時間になるなんて聞いてないよ」

「俺もこんな時間になるとは思ってなかったんだ。すまんな。だがとにかく急いでくれ。俺は時間までに行かなくちゃならねぇんだ。仲間が待ってるからさ」

大塚はスマホで川端に電話を掛けた。

一コールで出た川端が「今どこ？」と言った。

「今は」交通標識へ目を向ける。「J町の辺りを走ってる。急いでそっちに向かっている」

「間に合うんですか、それ。というか間に合わせてくださいよ」と切羽詰まっているような声で川端が言った。

「わかってる」

電話の向こうから「早くしてくださいよ」「急いで」「待ってますから」と仲間たちの声が聞こえてくる。

「心配掛けてすまん」大塚は謝った。「必ず行く。間に合わせる。だから待っててくれ」

大塚が電話を切った時、また車が停まった。

赤信号だった。

「こんな時に赤信号かよ」大塚は嘆いた。

「それにしても」綿谷が言う。「まー君が社交ダンスとはね。昨日聞いた時にはびっくり仰天したよ」

「うちのもんには絶対に言うなよ」

「わかってる」

「従業員たちにもだぞ」と釘を刺した。

「わかってるって」

信号が変わり軽トラは飛び出すように発進した。

大塚はセンターパネルの時計に目をやり、すぐに自分の腕時計でも時間を確認した。

間に合ってくれ。大塚は祈る。皆の苦労を俺の遅刻で台無しにする訳にはいかねぇ。

一人でも欠けたらチームにはならねぇんだ。どこも一緒だな。おい、なんだってまた赤信号なんだよ。頼むから全部青信号になってくれ。どこの神様でもいいから俺の願いを聞いてくれ。もし間に合わなかったら……皆に顔向けできねぇ。休日出勤してくれている従業員たちを置いて、自分だけ抜けることは俺にはできなかった。超特急で仕上げれば得意先が指定した納品時間にも、競技会にも間に合うとの読みもあった。だがよりによってこんな日に機械が一台故障してしまい、予想以上に時間が掛かってしまった。それなのに、いつもよりも赤信号に引っ掛かる。まるで誰かが俺を、間に合わさないように仕組んでいるみたいじゃねぇか。そんな意地悪しないでくれ。間に合わしてくれよ。頼みます。

大塚はシートベルトを引っ張り出してからストッパーで固定し、圧迫感を緩めた。次いで着替えを始めた。

　ポンとカーナビから音がした。

「ルートから外れています」とアナウンスが続いた。

「おい」大塚は大声を上げた。

「こっちの方が早いんだ」

「本当なのかよ、それ。絶対に絶対か？」

「別れた女房の実家がこの先なんだ。何度も通った道だからカーナビより俺の方が詳しい」

「ルートから外れています」と再びアナウンスが入る。

「俺を信じろ」と綿谷が言った。

車は細く曲がりくねった道を進んでいく。

大塚は目を瞑り深呼吸をした。

そして不安を押し殺して「お前を信じる」と表明した。

大塚が着替えている間に、何度もルートから外れていますとアナウンスが入ったが、綿谷のハンドル捌《さば》きに迷いのようなものは見えない。

それから五分ほどで着替えを終えた。

大塚がカーナビを覗くと、競技会場の近くまで来ているようだった。

大塚はぐっと上半身を前に出して、フロントガラス越しに辺りを窺う。

あれじゃないだろうか。

会場らしきグレーのビルを見つける。

車はそのビルに近付いていく。

入り口の前に人がいた。

更にビルに近付いて行くうち、その人物が自分と同じ衣装を着ているとわかった。

「車を停めてくれ」と大塚は言った。「降りて走るよ。綿谷は車をどこかに駐めて後から来てくれ」

「あいよ」

大塚は車を降りた。そして走り出す。

早く早く、走れ。自分を鼓舞する言葉を心の中で唱える。

入り口の前にいた人物が大塚に気付いたようで、ぴょんぴょんとその場で跳びはね出した。そして大きく手招きをする。

大塚は必死で走る。

その時、足が縺《もつ》れた。

転んでなんかいられるか。

すぐに体勢を整えた。

走る。走る。全速力で。

25

控え室に大塚が駆け込んで来た。

田中は「よしっ。間に合った」と思わず呟いた。

一斉に仲間たちからも安堵の声が上がる。

大塚が荒い呼吸のまま「皆、心配、させて、申し訳、ない」と謝罪した。

米山が口を開いた。「全員揃いましたね。それでは僕から少し。他の出場チームのダンスを見た人もいるでしょう。そのレベルの高さを見て、不安になっている人もいるかもしれません。競技会では難しいステップの完成度や、同調性やスピードを競います。ですが、それだけではないと僕は思っています。社交ダンスでは個々の審査員に、審判の裁量が任されています。それにステップの一つひとつに基礎点があるような競技ではありません。つまり、審査員によって見ているポイントは違うということです。だから僕たちにもチャンスがあるんです。僕たちは魅せるダンスで戦うんです。皆さんには若いダンサーたちにはない魅力があります。これまでの人生経験がその肉体に刻まれています。そうしたものは滲《にじ》み出ます。だから腕をすっとあげる動き一つでも、若いダンサーでは表現できないものを宿すことができるのです。気後れする必要はありません。自信をもって踊ってください」

米山の言葉は田中の心にすうっと入った。

仲間たちも同じ感覚なのか、心配と緊張で硬かった表情が少し和らいだように見えた。

米山が続ける。「陣形を取る時の目印になって貰うために、客席に座るようお願いした人の特徴と位置を確認しましょう。中央には僕がいます。右は？」

田中は手を挙げる。「妻が和服姿で座っています」

「左は？」と米山が尋ねた。

大塚が手を挙げて「俺と同い年の男が、白いキャップを被って座ります」と答えた。

米山が皆を見回してから言った。「今の聞きましたね。陣形を取る時の目印はフロアの中では川端さん。客席では中央が僕。右が和服の女性。左が白いキャップの男性です。さぁ、それでは行きましょう。失敗しても、振りを間違えても構いません。それも味です。大事なのは間違えた時に慌てないことです。こういう時に楽しみましょうと声掛けする人もいるんでしょうが、僕は言いません。楽しむのは簡単なことではありません。緊張するのが普通ですから。皆さんに僕からお願いしたいのは一つだけです。審査員とお客さんたちに、僕たちの踊りを魅せ付けて来てください」

田中はしっかりと頷いた。そして周りの仲間たちとも頷き合った。

叶が言った。「隊長、ここは円陣を組んでファイト、オーっていうの、するところじゃないんですか？」

「あ、そうですか？」と田中が答えた時だった。

「ビギナーズメンの皆さん、移動開始してください」とスタッフから声が掛かった。

更に「急いでください」とも言われ、あたふたと控え室を出る。

「円陣なしかよ」といった声も聞かれたが、「そういうのしなくても、一つにまとまってるんだからいいじゃない」とフォローする仲間のコメントもあった。

田中たちが移動したのはダンスフロアの奥で、パーテーションに囲まれた場所だった。そのパーテーション越しに音楽が聞こえて来るし、前のチームの選手たちが刻む靴音も響いて来る。

楽屋とはまったく違う、ピリピリとした空気も流れ込んでいる。緊張を孕《はら》んだ気配に呑まれたのか、ビギナーズメンたちは一様に表情を硬くした。

田中は川端に近付いて小声で尋ねる。「大丈夫ですか？」

川端はしっかり頷いた。

ぐっときた。大丈夫じゃないはずなのに大丈夫だと頷く川端の気持ちに、田中の心は激しく揺さぶられた。今日は心が動かされてばかりだ。米山があなたたちではなく、僕たちと言った時も鼻の奥がつんときた。出場できるか否かの結果待ちの時にはドキドキさせられたし、大塚が間に合うかハラハラもさせられた。だが私が動揺した様子を見せれば、皆が更に不安になるだろうと思って、落ち着いて見えるように装った。それで良かったのだろうか。正直今も怖気づいている。だがそれも必死で隠そうとしている。さっき他のチームのダンスを見たら物凄く上手かった。私たちはただ赤っ恥を掻くだけじゃないのか？　いや、ここまできたら米山の言葉を信じるだけだ。魅せるダンスをしよう。皆それぞれに精一杯生きてきた。その人生経験が味となるのなら、深いコクのあるダンスになるはずだ。そうだ。落ち着け。足が震えているのは武者震いだ。怯えているせいじゃない。

音楽が消えた。すぐに大きな拍手が聞こえてきた。

前のチームのダンスが終わったのだろう。

田中たちはパーテーションの端に二列で整列し、入場の準備をする。

田中は皆に言った。「魅せ付けてやりましょう」

仲間たちが頷いた。

田中は自分の頬を軽く叩いた。

パーテーションの向こうからアナウンスが入った。「次はエントリーナンバー六、ビギナーズメン」

「行きます」と先頭の川端が振り返って声を発した。

川端が歩き出し、田中たちはその後に歩調を合わせて続いた。

フロアには光が溢れていて眩しかった。

川端が靴を鳴らして田中は足を止める。

いつもより川端の靴の音が弱い気がした。痛みが酷いのだろうか。

その時、客席がざわついているのを感じた。

川端がまた靴を鳴らした。

田中たちは後ろ向きになり、パンツのポケットに手を入れる。

音楽が始まった。

心の中でカウントをして、田中は四の時にポケットから手を出した。

全員の白と黒の手袋が出たところで、一斉に白の衣装の人が右を向き、黒の衣装の人が左を向いた。

パンツの脇に入った正反対の色のラインによって、フロアに白と黒の模様ができる。

驚き喜んでいるような声が客席で上がった。

一二三とカウントをしてから、ステップを踏みながら移動を始める。

途端に客席に更に大きな歓声が起こった。

白と黒の衣装を着たビギナーズメンたちが動き回ることで、白黒模様がどんどん変化していく様に、客たちが惹き付けられたようだ。

田中はステップを踏みながら前に進んでいく。チヨ子の位置を確認し、自分が行くべき場所へ向かった。自分の位置に着くと、右のサスペンダーを右手で外して右へ引っ張る。右に回りながらサスペンダーを戻して、すぐに次の陣形へと動き出す。

右足、左足、回って、進んで、弾む。川端を見る。ラインに気を付けてステップ。

左へ一歩。右に一歩。左にずんずん進む。左に回って、ステップ――。

田中は夢中で踊り続けた。

26

ダンスフロアの隣室は二、三十平米ぐらいしかない。そこに百五十人以上がいるので、すし詰め状態だった。

米山はポケットからハンカチを取り出して、額の汗を拭った。

出場チームのすべてのダンスが終わり、選手やコーチなどがここで結果発表を待っている。どのチームの選手も落ち着かない様子だった。ビギナーズメンたちも張り詰めたような顔をしている。

審査員たちはビギナーズメンのダンスに、どんな判断を下すだろうか。実力がずば抜けていて、優勝が堅いと思われるチームは一つだけだ。その他のチームはそれぞれに特徴があり、ステップの技術、スピード感、同調性、音楽との調和などのうち、どれを重視するかで結果はまったく違ったものになるので、予想は難しい。

壁の上部に設置されたモニター画面には、隣のダンスフロアの様子が映っていた。

そのカメラは、ＢＧＭが流れているだけで誰もいないフロアを狙っている。

BGMが突然止まった。

モニター画面には、右手から登場してきた男性司会者が映し出される。その司会者はマイクと紙を持っている。

部屋は静まり返った。

「皆様大変長らくお待たせ致しました」司会者が言った。「フォーメーション競技の結果が出ましたので、発表させていただきます」

部屋にいる全員が、固唾を呑んでモニターの中の司会者を見つめる。

司会者が紙に目を落とし口を開く。「まず第三位のチームから発表致します。第十三回ベイエリア大会フォーメーション競技部門第三位は」

ドラムロールが始まった。

やがてドラムの音が止まる。

司会者が大きな声で言った。「ビギナーズメン」

あっ。

一瞬の間の後で生徒たちが大歓声を上げた。拳を上げる生徒。ハイタッチをし合う生徒。拍手をする生徒。雄叫びを上げる生徒。生徒たちが皆、嬉しさを爆発させている。

そんな生徒たちを眺めているうちに、米山の胸に徐々に安堵感が広がっていく。

誰かが米山の手を握って来た。それに応えて握手をすると、次から次へと握手を求められた。

「先生、有り難う」

口々に言われて米山の瞳は潤んだ。

「ちょっとぉ、隊長」と声がした。

そして「隊長が腰抜かしたー」と誰かが報告した。

声の方へ顔を向けると田中が尻餅をついていて、両脇の生徒に引っ張り上げられている。

米山は声を掛ける。「さぁ、皆さん。ダンスフロアに移動してください。入賞者はお客さんたちに挨拶をするのが決まりです。さぁ」

生徒たちは大騒ぎをしながら部屋を出る。そして小走りでパーテーションの間からダンスフロアに入った。割れんばかりの拍手が起こり、生徒たちは客席に向かって手を振りお辞儀を繰り返す。

その姿を米山はパーテーションの隙間から見守った。

有り難うと言うのはこっちの方だ。あなたたちは、ダンスに夢中だった頃の自分を思い出させてくれた。正直脱落者が続出すると思っていた。隊長が随分と引き留めてくれたんだろう。有り難う。悦子、見てるかい？ 彼らは頑張ったよ。衣装の力を随分借りはしたが、それだけじゃ三位には入れない。魅せるダンスをしたからだよな。

君は『中年男が友達を作るには』なんて本を読むほど僕の孤立を心配していたんだね。友達とはちょっと違うかもしれないが、仲間はもてた気がするよ。君はほっとしているんじゃないかな。僕にとってダンスは自分のためだった。自己表現の場だ。だがそうじゃないダンスもあるね。仲間と呼吸を合わせて踊るのは難しいが、楽しさもある。そういうことに初めて気付いたよ。僕は独りよがりのダンスをしていたんだね。それに君がいつも合わせてくれていた……ごめん。それに有り難う。

挨拶を終えた生徒たちが戻って来た。

米山は皆に告げる。「優勝者が発表されて、選手たちのお客さんへの挨拶が終わったら、その後は入賞チームによるオナーダンスタイムになります。オナーダンスというのは、入賞者が誇りと喜びを胸に、観客へお礼の気持ちを込めて短いダンスを披露するものです。オナーダンスは三位から始めます。はい、大塚さん、なんでしょう？」

「今のダンスをもう一度するのかい？」

「いえ」米山は否定した。「そんなに長い時間は貰えません」

生徒たちは互いに顔を見合わせて戸惑うような表情をした。

米山は言った。「僕たちにはレパートリーがもう一つあるじゃないですか。嫌だな。忘れちゃったんですか？　教習所の卒業発表として披露したダンスですよ。運営スタッフにはもう音楽データは渡してありますから」

田中が心配そうな声を上げる。「踊れるか自信がありませんなぁ。なにせ時間が経ってますから、振りを覚えているかどうか……」

「曲が掛かれば思い出しますよ」米山は励ました。「川端さん、膝の具合はどうですか？　オナーダンスを踊れそうでしょうか？」

「膝は大丈夫なんですが、俺も振りを覚えているかっていうところが不安です」

「身体に刻んだ振りは、そんな簡単に忘れないものです」米山は明言する。「それよりも心配しているのは、皆さんがすっかり格好いいダンサーになったということです。衣装も格好いいですしね。最初と最後のくたびれたサラリーマンを表現する部分が難しいだろうと、そこを心配しています。ですが、まぁ、そこは演技力でカバーしてください」

何故か生徒たちがにやにやした。

それから生徒たちは、小声で一二三四と声を合わせながら練習を始める。

優勝したチームの選手たちが挨拶を終えて、パーテーションの奥に戻って来た。

優勝は米山が確実視していたチームだった。

米山は生徒たちに「コールされたら入場ですよ」と声を掛ける。

すぐに司会者の声がした。「それではオナーダンスをお願いしましょう。三位、ビギナーズメン」

生徒たちが次々にダンスフロアに飛び出していく。

大きな拍手と歓声が起こる。

あれは目印になってくれた人じゃないだろうか。

白いキャップを大きく左右に振って喜んでいる。

右の和服の人を探した。

静かに拍手をしていた。

一方の生徒たちは誇らしげに拳を突き上げたり、笑顔で客席に向かって手を振ったりして、それらに応える。

そして各自がスタートポジションに立った。

すると客席から手拍子が聞こえてきた。口笛も鳴る。

生徒たちのダンスへの期待の高さが窺えた。

程なくして音楽が始まった。

27

田中は味噌汁の椀を持ち上げる。

　今朝の具はワカメと豆腐だった。

　味噌汁に口を付けテーブルに戻すと、厚焼き玉子に箸を伸ばした。

　チヨ子が器から自分のご飯茶碗に納豆を移す。「今朝庭にシロハラが来ました」

「そうか。そういう季節だな」田中は答えた。

　田中は窓越しに庭を眺めた。

　庭木の葉が師走《しわす》の風を受けて寒そうにしている。

　田中が焼き鮭に箸を入れるとチヨ子が言った。

「孫へのクリスマスプレゼントに頭を悩ます季節でもありますね」

「そうだな。直美からなにか言ってきたか？」

「今年はちょっと困ったことになっていると言ってました」

「困ったこと？」

「ええ。僕とサンタさんとの秘密だと言って、どんなプレゼントをお願いするのか、教えてくれないそうなんです」

「去年まではサンタクロースに手紙を書いていたじゃないか」田中は指摘する。

「それが手紙を書かなくてもサンタさんはわかると、誰かに言われたそうで、今年は書かないと決めたらしいんです」

「それじゃわからんな」

「そうなんです。直美も亮輔《りょうすけ》さんも困って、色々と探りを入れてみてるそうなんですけれど、今のところまったくわからないそうです」

「試練だな」

「そうですね」

田中はキュウリの漬物を口に入れた。ポリポリと音をさせて食べる。ふと今一度、庭に目を向けた。

一羽のシロハラがいた。

「また来たのかな？」田中は呟いた。

チヨ子が「今朝のかしら？」と言い、「ちょっと大きさが違うように見えますから、今朝のお仲間かもしれませんね」と続けた。

シロハラが辺りを窺うように頭を左右に小刻みに振りながら歩く姿を、しばし眺めた。

大塚は朝刊を捲る。それから目玉焼きに醤油を垂らした。箸でひと口分をカットして白飯の上に一旦置く。それから口に運んだ。

テレビには昨日行われたという、映画の試写会の舞台挨拶の映像が映し出されている。

大塚のはす向かいに座る秀樹は、トーストを齧《かじ》りながらスマホを覗き込んでいる。

突然二階から孫の泣き声が聞こえてきた。

遥が皿の上で手についたパンくずを払うようにしてから、すぐに席を立った。

女房がダイニングテーブルを回り込んで来て、大塚の隣に立つと湯呑みを置いた。

「今晩なに食べたい？」

「お前は毎日聞くね」と大塚は言った。

「毎日夕飯を作らなくちゃいけないからね」

「なんでもいいよ」

「お父さんは毎日そう言うわね」女房が不満そうな顔をする。

「そうわかってるんだったら毎日聞くなよ」

「もしかしたら、今日はなにか言うかもしれないと思うからよ」

「そんな奇跡を待つなよ」

大塚はウインナーを口に入れる。それから海苔を一枚箸で摘まんで小皿の醤油に漬けた。すぐに引き上げて、白飯に載せる。その海苔で白飯を包むようにして口に運んだ。それから朝刊をもう一枚捲り記事を読み始める。

すると「あら大変」と言う女房の声がした。

新聞に目を落としたまま「星座占いなんか信じるな」と大塚はアドバイスした。

「違うわよ。午後から雨だって。ここんとこ、すっきりしなくて洗濯物が全然乾かないのよ」

「そりゃ一大事だ」

「馬鹿にしてんの？」

「してねぇよ」


川端は手を洗いながらふわっと欠伸《あくび》をした。洗面所からダイニングへ移動する。すでに聖子は出勤していて、その姿はない。

いつものように、部屋にはコーヒーの香りが少しだけ漂っていた。

テーブルにはラップに覆われた皿が置かれている。バターロール二個と、薄いハムが数枚に、ブロッコリーとプチトマトが、一枚のプレートに盛られている。そのプレートの下には一枚の紙が挟まっていた。

『今日は部下の送別会があるので帰りが遅くなります』と書いてあった。更に『冷蔵庫のヨーグルトを必ず食べてください』とも記されている。

聖子はヨーグルト教の信者だった。ヨーグルトは素晴らしい食べ物だから、ヨーグルトさえ食べておけば大丈夫だという。

なにが大丈夫なのか俺にはわからん。

川端はコーヒーサーバーに残っているコーヒーを、マグカップに注いだ。コーヒーを飲みながらリモコンでテレビを付けた。すぐにお気に入りの女子アナが出ている番組に変える。

サラサラ髪の女子アナが一生懸命原稿を読む。何度もつっかえた。

そのせいで内容は全然頭に入って来ないが、画面に向かってドンマイドンマイと声を掛け、女子アナを慰める。

それから指でプチトマトを摘まみ口に放り込んだ。ブロッコリーはフォークで突き刺して口に運んだ。バターロールを噛み千切り、咀嚼をしながら立ち上がった。冷蔵庫の扉を開けてヨーグルトを探す。一番下の棚にあったヨーグルトを、取り出そうとした時だった。メモが置かれているのに気が付いた。その紙を引っ張り出す。

『今夜は社交ダンスのレッスンの日でしょ。楽しんできて。でもまだ膝は完治してないんだから、無理はしないで気を付けて』

川端はごくりとバターロールを呑み下した。そしてメモを裏返して、正反対のことや、バーカ、本気にすんなといったオチが書かれていないかを検めた。更にヨーグルトが置かれている棚に手を伸ばし、他のメモがないかを調べた。

ピピッ。

扉を開け過ぎていることを知らせる警告音が鳴った。

米山は自転車を降りた。

ガードレールと自転車をワイヤーで括《くく》り、ロックを掛ける。

それから店の前にある大きなメニュー看板を眺めた。

今日はどれにするか。

少しの間検討してみたが、早々に見切りを付けて店内に入った。

午前九時を過ぎたファストフード店には、十人程度の客がいるだけだった。

手袋を外しながらいつものように右端のレジの前に進む。カウンターに置かれたメニューを覗く。それから顔を上げて女性店員に目を向けた。

いつもの女性店員が背後の棚を振り返ってから「今日はベーコンエッグサンドはどうですか？」と言ってきた。

「じゃ、それにします」

「サイドメニューはいかがいたしますか？」

「ハッシュポテトにしようと思ってるんですが、どうですかね？」

「野菜不足が心配ですね。プラス五十円でサラダを付けるというのはいかがですか？」

「そっちですか。サイドメニューをハッシュポテトにして」米山はメニューを指差す。

「ドリンクメニューを、野菜ジュースにしようかと考えたんですが」

「そういう選択もありますね。コーヒーで温まらなくていいならですけど」

「んー、そう言われると……確かにコーヒーは外せないですね。それじゃ、セットはサラダとホットコーヒーにしてください」

米山と同年代に見える女性店員はにこっとした。

会計を済ませた米山は、トレーを持って、いつものテーブルに着く。

マフラーを外して、隣の椅子に置いた鞄の上に載せる。サラダにドレッシングを掛けてから、鞄の中に手を入れた。読みかけの本を取り出しテーブルに広げる。すっかり読書が習慣化した米山は、サラダを口に運びながら本の世界に入っていった。

田中は真野の財布を検めた。

一万円ほどが入っていた。

レシートを抜き出し、自分の財布から一万円を加えた。

真野はベッドからテレビ画面をぼんやりと見つめている。

田中は真野の財布をキャビネットの引き出しに戻す。窓外の景色へ目を向けると雨が降っていた。

そういえば、午後から雨が降るという予報が出ていたんだった。

田中は鞄から折り畳み傘を取り出して、カバーを外す。

鞄の持ち手を掴み歩き出したところで、そうだったと思い出した。

鞄からディスクを取り出してテレビに近付いた。テレビの下のデッキを開けてディスクを入れた。

画面が真っ暗になる。

だが真野はその変化にさえ気付かないようで、身じろぎ一つしない。

田中はリモコンを向けて再生ボタンを押した。

画面に競技会の映像が映し出される。

早送りをして、ビギナーズメンが登場するシーンまで一気に進ませた。

司会者が「ビギナーズメン」とコールする場面になったところで、普通の再生スピードに変更する。それからオールリピートボタンを押した。

そして田中は鞄と傘を手に部屋を出た。

「正月はどうするの？」と大塚は松岡に尋ねた。

「今年は子どもと孫と一緒に、温泉旅行に行こうかと思ってるんです」

「そりゃあいいねぇ。正月に皆でなんて、随分と豪勢じゃないの」

自分の顔の前で手を左右に振った。「ジジイとババアを連れて行くと、料金が安くなるだとかいう宿泊パックがあるらしくて。それでなんですよ」

午後三時のオヤツタイムには機械を止めるので、工場内はとても静かになる。大抵は各自がコンビニで調達したものを腹に入れるのだが、今日のように女房がたい焼きを配ることもあった。

従業員たちは思い思いの場所でたい焼きを食べている。大塚は出入り口の扉の横に置いた丸椅子に、松岡と並んで腰掛けていた。

大塚は紙の袋からたい焼きを取り出し齧り付いた。

すると松岡が言った。「社長はしっぽからですね」

「ん？　これか？」たい焼きを少し持ち上げる。「頭からだとなんとなく可哀想だろ」

「まったく同じことを秀樹さんも言ってましたよ。さすが親子。似てますね」

「似てるとしたら、そこだけだな」

「噂をすればなんとかですよ」と言って松岡が立ち上がった。

松岡の視線の先を辿ると秀樹がいた。

タブレットを手にこっちに向かって来る。

松岡は「たい焼き、ご馳走様です」と大塚に言うと歩き出し秀樹とすれ違った。

大塚の前に立った秀樹が「ちょっといいかな？」と言ってきた。

「なんだよ」

「鋏の通販サイトのことで相談があるんだけど」

「サイトだとかネットだとかの相談なら、俺はのりたくてものれねぇぜ」

眉間《みけん》に皺《しわ》を寄せる。「サイトのことなんだけど、ま、それだけじゃないっていうか、全体的なっていうか、総合的とも言っていいようなことなんだよね」

「なに言ってんだか全然わかんねぇが、いいよ。見せてみな」と大塚は言って、首から紐で下げていた眼鏡を鼻にのせた。

秀樹が隣に座りタブレットを差し出してきた。

川端が部下の大崎順也《おおさきじゅんや》と廊下を歩いていると、背後から足音が迫って来た。

「川端部長」と声がして振り返った。

電力部の家永《いえなが》佳奈《かな》が走り近付いて来る。

そして川端の前で足を止めると言った。「部長、申し訳ありませんが、谷口《たにぐち》さんから連絡が入りまして、会議用の書類を川端部長にチェックして欲しいということなんですが、お願いできますか？」

「今？」

「はい。会議が三時からなので今お願いできたらと」

「なんだよ。もっと早く言えよ。こっちだって三時から会議だよ」

「すみません。谷口さんの話だと、もっと前にお願いするつもりだったらしいんですが、作成がギリギリになってしまったらしいんです。その上こっちに向かってはいるんですが、電車が事故かなんかで動かなくなって、今缶詰になってるそうなんです。それで車内からデータを送ってきて、川端部長に必ず見て貰ってくれって」

「谷口君はさぁ、俺の部下でもないのに、なにかっていうと書類をチェックしてくれだの、どういう言い方をしたらいいですかねぇだの、俺に聞いてくるんだよなぁ」川端は愚痴った。

「慕ってるんだと思います」

「時間がないからざっとになるぞ」と川端は書類を受け取り目を通す。

胸ポケットから取り出したボールペンで、その場で赤字を入れていく。相手によって使っていい言葉、使ってはいけない言葉を熟知している川端は、以前からこんな風に違う部署の社員から、書類のチェックを頼まれることが多かったが、最近頓《とみ》に増えていた。

チェックを終えた川端は書類を家永に戻した。

家永が「有り難うございました」と言って深々とお辞儀をした。

川端が歩き出し大崎も隣を進む。

大崎が口を開いた。「部長、部外の社員からも頼られてますね」

「頼られてるというより利用されてる気がするよ、俺は」

会議室へ向かっている途中、エレベーターホールの端で男性社員三人が、真剣な表情で話し込んでいるのが目に入った。

川端はその横を通り過ぎながら大崎に「向こうの担当者が変わったって？」と確認する。

「そうなんです」と言って大崎が説明を始めた。

川端は会議室へ歩みを続けながら、大崎の話に耳を傾けた。

大塚を見つけた田中は急いで改札口を抜けた。

「大塚さん」と声を掛ける。

大塚が振り返り「どうやら同じ電車だったようですな」と言った。

二人並んで歩き出す。

田中は空を見上げて「短い雨でしたね」と口にして傘を鞄に仕舞った。

歩道は濡れていて、所々に出来ている水たまりを二人は器用に避けながら進んだ。

「腰の具合はどうですか？」大塚が聞いてきた。

「コルセットをするようになりましたら、大分楽になりました」

「奥さんがマッサージしてくれるんですって？」

「はい。腰が楽になっているのは、その指圧のお蔭もあるんです。妻はどんどん上手くなっていましてね。最近は友人や近所の人なんかが、妻のマッサージを目当てに家に来るようになりまして、家がなんだか賑やかになっています。そのお蔭だと思うんですが、最近妻が楽しそうにしているのを見かけるようになりまして、私もなんだか楽しい気分ですよ」

その時だった。

コンビニから出て来た川端と出くわした。

「どうも」「どうも」と言い合って三人で連れ立って歩く。

米山ダンススタジオに到着すると、田中はドアを開けた。

米山と杏子が踊っていた。

テンポの速い音楽に合わせて、二人はキレキレに踊る。

思わず見惚《みほ》れて、その場で二人のダンスを眺めた。

ビギナーズメンの数人が、同じようにフロアの端から二人のダンスを見学している。

しばらくして音楽が止まった。

同時に二人も動きを止める。

二人のダンスに田中たちは拍手をした。

それをきっかけに田中は休憩室に移動した。

壁には競技会の時に撮影した集合写真が飾ってある。その隣にはホワイトボードが設置されていて、大きな文字で『桜花記念大会　目指せ優勝』と書かれている。その下には大会まであと八十五日とあった。

田中はその数字をイレーザーで消す。そして数字を八十四と書き直した。

それから更衣室へ向かった。

『たそがれダンサーズ』二〇一九年九月　中央公論新社刊

中公文庫

たそがれダンサーズ

2023年８月25日　初版発行

著　者　桂《かつら》　望《のぞ》　実《み》

発行者　安部順一

発行所　中央公論新社

〒100-8152　東京都千代田区大手町1-7-1

電話　販売 03-5299-1730　編集 03-5299-1890

URL https://www.chuko.co.jp/

ＤＴＰ　ハンズ・ミケ

印　刷　大日本印刷

製　本　大日本印刷

Published by CHUOKORON-SHINSHA, INC.

Printed in Japan　ISBN978-4-12-207401-9 C1193

各書目の下段の数字はISBNコードです。978－4－12が省略してあります。

中公文庫既刊より

か-85-1
僕とおじさんの朝ごはん
桂 望実
無気力に生きる料理人を変えたのは、ある少年の決意と、秘密の薬の存在だった。真摯に生きることを拒んできた大人と、生死をまっすぐに見つめる少年の交流が胸をうつ感動長篇。
206474-4

い-115-3
よその島
井上荒野
人生を共に歩んでも、一緒には辿り着けない場所がある――過去と現実、疑心と慈愛。夫と妻が目にする光景は？　移住先の離島に展開するミステリアスな物語。
207334-0

か-86-2
夫の墓には入りません
垣谷美雨
ある晩、夫が急死。これで〝嫁卒業〟と思いきや、介護・墓問題・夫の愛人に悩まされる日々が始まった。救世主は姻族関係終了届⁉　心励ます人生逆転小説。
206687-8

た-92-2
オートリバース
高崎卓馬
転校生の少年たちを夢中にさせたのは、アイドル親衛隊という〝推し活〟の現場だった。切なさ100％の青春小説。執筆秘話「彼らに捧げるドラゴンフライ」収録。
207299-2

は-76-1
会社員、夢を追う
はらだみずき
仕入部に配属された銀栄紙商事の新入社員・神井航樹。仲間たちと品薄な用紙の確保に奔走しつつ、航樹はある夢をとりもどそうとしていた。〈解説〉狩野大樹
207220-6

み-51-1
あの家に暮らす四人の女
三浦しをん
父を知らない佐知と母の暮らしに友人の雪乃と多恵美が加わり、笑いと珍事に溢れる牧田家。ゆるやかに流れる日々が心の孤独をほぐす。織田作之助賞受賞作。
206601-4

あ-98-1
ここだけのお金の使いかた
大崎 梢／図子 慧／永嶋恵美／新津きよみ／原田ひ香／福田和代／松村比呂美
給料は安いし、貯金も少ない。ムダなお金は一円だって払えません！　七名の人気作家が「お金」にまつわる悲喜こもごもを描く、書き下ろし短篇アンソロジー。
207291-6